NARRATORI ITALIANI

PIETRO CASTELLITTO
GLI IPERBOREI

ROMANZO
BOMPIANI

www.giunti.it
www.bompiani.it

Via Bolognese 165, 50139 Firenze – Italia
Via G.B. Pirelli 30, 20124 Milano – Italia

ISBN 978-88-301-0946-9

Prima edizione: ottobre 2021

A Maria, Anna e Cesare

Nelle estreme regioni settentrionali, al di là dei monti Rifei, ci sono i cardini del mondo e le estreme orbite delle stelle. La regione è soleggiata, il clima mite e privo di ogni esalazione nociva. Qui trascorrono lunga vita quelli che furono chiamati Iperborei, popolo felice, celebrato per favolosi miracoli. Essi hanno per casa boschi e foreste, la discordia e ogni malattia sono loro sconosciute. Stanchi della vita, gli Iperborei si uccidono gettandosi in mare da una rupe: lietissimo è questo genere di sepoltura. Alcuni li hanno collocati nella prima parte delle spiagge dell'Asia, non in Europa. Alcuni li stimano in mezzo fra l'uno e l'altro emisfero. Altri tramandano che essi seminano nelle ore mattutine, mietono a mezzogiorno e colgono i frutti degli alberi quando il sole cala verso Occidente.

Plinio il Vecchio

PROLOGO

Leone: È scomparso il canguro, dobbiamo trovarlo.

Talpa: Io controllerò sotto terra.

Balena: Io controllerò sott'acqua.

Cammello: Io controllerò le terre calde.

Pinguino: Io controllerò le terre fredde.

Giraffa: Forse ha fatto un salto troppo grande ed è finito sopra un albero. Io controllerò gli alberi.

Aquila: Forse ha fatto un salto ancora più grande ed è finito sopra una nuvola. Io controllerò le nuvole.

Leone: E tu, cerbiatto? Perché non parli?

Cerbiatto: Forse sta bene e non vuole essere cercato.

Leone: Cerbiatto, tu vuoi solo giocare e prendere il sole. Noi siamo i figli della foresta, ricordatelo. Quando uno è in pericolo, i fratelli lo aiutano. Cerbiatto, tu aspetterai qui. Controllerai se torna.

PARTE PRIMA

UNO

Chi non sa controllare le proprie emozioni può essere spesso pericoloso, chi sa controllarle lo è sempre. Penso questo e intanto l'ombra elettrica di una grossa palma reale mi rinfresca. Eccomi. Sono sdraiato su un lettino da mare a strisce gialle e bianche circa a metà dei venti metri di piscina che colorano il giardino di Guenda. Prima di sdraiarmi ho posato sul tavolino basso accanto a me una copia rilegata dell'*Anticristo*. L'ho comprato quindici anni fa e non so più quante volte l'ho letto, ma da un po' di giorni mi è presa l'idea di impararlo a memoria e allora me lo porto appresso. Ho dormito trentatré minuti e ho anche sognato fin quando il robottino, che per pulire l'ultimo centimetro di parete ha cominciato a gorgogliare non pescando più acqua, mi ha svegliato. Adesso comprendo: il libro è troppo lontano. Vorrei prenderlo ma dovrei alzarmi e non mi va. Il tavolo basso ha macchie di caffè che si confondono nel palissandro.

Oltre la grossa vetrata, Tapia fa mangiare i piranha del padre di Guenda. Si diverte a immergere i topini bianchi tenendoli per la coda mentre i poveretti inarcano la schiena dimenandosi finché un pesce non gli strappa via un pezzo di muso.

– Coglione, smettila, – gli dice Guenda che arriva con un mucchio di fogli in mano, e guardandola bene mi accorgo che ha il naso incrostato di coca.

– Che ore sono? – strilla.

– Mezzogiorno e trentatré, – rispondo senza guardare l'orologio.

– Coglione! Dico veramente.

– Non sto scherzando!

Ragiono sul fatto che se scherzassi userei la stessa identica voce. Guenda gira intorno alla piscina e raggiunge il tavolo basso.

– Mi passi il libro? – chiedo.

– Perché?

– P e r c h é v o g l i o l e g g e r e – scandisco le parole come se parlassi a una bambina.

Guenda si lecca l'indice scollando un foglio dal mucchio che ha in mano. – Leggi questo e dimmi se va bene, – mi posa il foglio sulla faccia e afferra l'iPhone bianco guardando l'ora: – È mezzogiorno e trentatré, – sorride. Poi torna seria. – Atterrava alle undici, – guarda nervosa i led dell'Iqos che lampeggiano.

– Avrà trovato traffico – dico levandomi il foglio dalla faccia.

– Strano, però – mugugna e scuote la sigaretta. – Quanto ci mette a caricarsi? – chiede.

Sto per risponderle "che cazzo ne so" quando l'occhio mi cade sul foglio. – Quarantotto secondi – sussurro leggendo l'annuncio.

SMARRITA CUCCIOLATA DI ENGLISH MASTIFF

Seguono le foto di sette cani dal pelo grigio, un numero telefonico in grassetto e la nota a piè di pagina che promette lauta ricompensa (3K) per ogni esemplare rinvenuto.

– Chi vuole una birra? – Tapia è arrivato in piscina con tre Sol stappate. – Se non vi vanno le bevo io.

– Dammela! – ordina Guendalina.

Tapia gliela passa, lei se ne scola metà con un sorso secco e io capisco che si è fatta più di una striscia. Poi si tocca il naso come per affilarselo e con un gesto velocissimo si aggiusta il bikini in mezzo al culo. Mi si sta per addrizzare e allora premo la birra ghiacciata contro le palle. Va meglio. Guenda è felice perché la sigaretta è carica. Infila il tampone di tabacco e preme il pulsante. Tapia le chiede un tiro sapendo che non lo avrà mai. Guenda lo manda a fanculo e Claudio "Ciccio" J Tapia sorride.

– Sai cosa penso, Guenda?

– Cosa pensi, Ciccio?

– Penso che i tuoi cani sono scappati.

– Scappati? E perché?

– Scappati! – ripete Ciccio. – Scappati per sempre. Alla ricerca di una padrona più generosa che desse loro tre, quattro tiri delle sue Heets Turquoise.

– Sai cosa penso, Ciccio?

– Cosa pensi, Guenda?

– Penso che ti fumi il cazzo.

– Poldo! Io mi fumo il cazzo, lo sapevi?

– E ti pippi il culo – farfuglio bevendo birra.

– Il più giovane parlamentare di questa repubblica – pontifica Tapia specchiandosi in piscina, – si fuma il cazzo e si pippa il culo!

L'urlo rimbomba per tutto il giardino e si perde oltre le palme, verso i campi ondulati del parco di Veio dove l'Olgiata s'interrompe. Guenda tossisce e ride, gli lancia l'Iqos: – Finiscitela, pappone.

– Grazie, mio tesssoro... – ghigna Tapia fischiando ogni esse. – Quanti mesi avevano?

– Sei...

– E un cane del genere quanto pesa a quell'età? – chiedo.
– Ottima domanda! – commenta Tapia spellandosi il naso.
– Molto più di me, Poldo. Molto più di me.
– Quindi è impossibile – rifletto – che qualcuno li abbia presi, Guenda.
– Mbè, i cani non ci sono più, Poldo.
– Mbè... Sono scappati volontariamente – aggiunge Ciccio.
Tapia guarda me. Io guardo Guenda. Guenda guarda Tapia.
– Mbè... Con qualcuno che conoscevano – aggiungo io.
Tapia guarda Guenda. Guenda guarda me. Io guardo Tapia.
– Mbè... vaffanculo – conclude Guenda.
Un fruscio di lamiera sibila in fondo al viale.
– È lui! – strilla alzandosi, con il cuore che le batte enorme.
Alito sulle lenti polarizzate dei miei Revo. È da parecchio che non vedo il fratello di Guenda e ora intendo vederlo nitidamente. Edoardo scende dallo Uber deluxe con un costume Sundek a fiori e una T-shirt smanicata degli Springboks. La sua muscolatura è perfetta, ha perso qualcosa in massa ma ha aggiunto parecchio in definizione, è glabro e abbronzato. I suoi capelli castani mi sembrano più chiari e i suoi occhi più verdi. "Forse ha mangiato una lampadina?" penso. Riconosco il profumo: Creed Aventus. Costoso e volgare. Sembra un Abercrombie meno dolce, ma il bergamotto è sfacciato, inferisce e permane. È un profumo stupido e gli dona tantissimo.
– La nostra casa si vede dall'aereo! – dice. – Ho visto casa nostra dall'aereo!
– Non ci credo – afferma la sorella credendoci.
– Apriamo la bottiglia di Poldo? – propone Ciccio.
– Perfetto – dico con gli occhi su Guenda che afferra Tapia per un braccio portandoselo in casa.

Rimango solo con Edoardo. Gli stringo il bicipite.
– Dodo! Sei tirato come una bomba a mano.

– Poldino, prometti che rimane fra noi?
– Cosa? – chiedo lasciando il muscolo.
– In Sudafrica mi sono fatto di anabolizzanti.
Lo guardo per intero, dalla testa ai piedi:
– E perché?
– Come perché? Il preparatore me li ha dati e io... – si passa la lingua sui denti prima di concludere. I denti sono bianchissimi. – Tutti i professionisti si fanno di ormoni.
– Tu mica fai il rugbista nella vita...
– Sto in serie A, però.
– E ti pagano?
– Poco.
– Oh, poverino... E la Cayenne blu notte chi te l'ha donata?
– È un essere misterioso... – sussurra, – pare faccia il padre e abbia un cazzo enorme che i figli ereditano...
Faccio finta di ridere mentre Tapia e Guendalina arrivano con il Bollinger ghiacciato e quattro flûte. Versiamo incrociando i bicchieri perché porta male e a noi piace così. – A quella cosa che finisce per "no" – strilla Tapia. Nessuno risponde, i nostri occhi gli cascano addosso, e lui ricambia ridente: – Alla fica, no?! – Beviamo. Per otto minuti. Beviamo. Un aereo della Qantas passa sopra le nostre teste, lo riconosco dalla coda rossa. Immagino un bambino australiano venuto in vacanza con la madre che ci guarda da lassù.
– All'una e mezza – rutta Tapia.
– Cosa?
– Il tavolo...
– Che ore sono? – chiede Edoardo guardando solo me.
– L'una e dieci – mi anticipa Guenda col telefono in mano.
Dodo beccheggia entrando in macchina:
– Un tempo eri molto più veloce... – sorride.
La sorella mi alza il medio.

DUE

Sulla Colombo Edoardo prende una curva a centottanta e fa capottare Guenda. I suoi colpi di sole mi rigano gli occhi, le stringo la coscia. Ho voglia di baciarla in bocca con la lingua il più a fondo possibile. Guenda non torna al suo posto. Rimane lì quasi in braccio a me. Ogni tanto le stringo la gamba e lei si morde il labbro come se stesse pensando. E forse sta pensando. In ventotto minuti arriviamo alla Vecchia Pineta.

Durante la malattia ho imparato a contare il tempo, le gocce della flebo cadevano regolarmente, una al secondo, e quel rumore mi è rimasto dentro. Adesso so sempre che ore sono. Il tempo, quello che perdo e quello che passa. Io sono il Tempo.

Gli antipasti arriveranno. Lo vuole la Storia. Per ora solo pane scortecciato al centro del tavolo. Ingoiamo la mollica per mettere giù qualcosa mentre il cameriere arriva col secondo Chablis.

– Poco, che altrimenti si scalda – parla Ciccio.

– Gne gne gne gne scalda... – fa il verso Guenda.

Edoardo sorride. Io rido. Lo ha detto anche prima all'altro cameriere. Lo dice sempre. Sono tante le cose che Tapia dice sempre. Le ripete anche se intorno è pieno di persone che le hanno già sentite. Fa bene a fare il politico.

– Guenda, tappati le orecchie.

– Perché?

Tapia mi guarda: – Questo vino fa sborrare.

– Fai schifo – strilla Guenda.

– Quando nell'etichetta c'è un albero – rutto, – il vino è sempre buono.

– Chi te le dice queste stronzate? – domanda Dodo.

Guardo l'attaccatura dei capelli di Guenda un po' troppo a lungo, finché lei lo nota e se la scompone passandoci il polso.

Disegna con il dito sulla tovaglia una svastica nella quale affondo.

– Non me lo ricordo, Dodo.

Arrivano gli antipasti. Li divoriamo in silenzio e per quattro minuti abbondanti si sentono soltanto le nostre mascelle. Il telefono di Edoardo squilla, è Greta.

– Amore... – fa lui uscendo.

Rimango solo con Guenda e Ciccio.

– Tra un po' si sposano...

– Penso anch'io – conferma Guenda che poi mi guarda. Non dico nulla.

Una folata di vento fa volare la carta unta dei calamari. Nessuno di noi si scompone. La guardo librarsi sopra il mare come una farfalla, planare verso la schiuma delle onde, toccare quasi l'acqua e poi risalire verso il sole. Pigra. Soltanto al calare di un'epoca la vita può mostrarsi così delicatamente. Rimaniamo estasiati a bruciarci gli occhi. Sento che mi viene da piangere e penso che sono dieci anni che non piango. Quindi non piango.

– Ho fatto un sogno, prima... Sono a casa mia, sento abbaiare, guardo sotto il divano e trovo un barboncino. Lo prendo in braccio, mi accorgo che ha un collare e allora chiamo i padroni e glielo porto. Mentre attraverso Roma la gente mi ferma per accarezzarlo ma lui morde. La gente mi dice che un cane così va ammazzato subito. Rimango sbalordito. Non capisco come si possa dire una cosa simile su un essere così indifeso – mi interrompo un attimo cercando la mia Juul al mango.

– Finito? – domanda Tapia.

– No – risponde Guenda al posto mio.

– Il cane rimane da me – continuo, – il problema è che ogni ospite che arriva viene aggredito. Tutti mi consigliano di ucciderlo finché sono in tempo. Gli rispondo che non cresce e non è pericoloso. Alla fine nessuno si fa sentire. Nessuno viene più a trovarmi. Il tempo passa e rimango solo. Poi, un giorno, il cane comincia a mordere anche me. Capisco che è arrivato il momento di ucciderlo. Lo guardo e mi accorgo che non sono capace.

– Cazzo... – fa Guenda, diafana. Ed è sincera mentre si preme il bordo dell'occhio per contenere una lacrima. – Vieni con me in bagno? – chiede a Tapia.

– Sai bene quanto vorrei...

Da quando è stato eletto, Tapia ha smesso di pippare in luoghi pubblici. Non vuole fare nulla che possa compromettere la sua ascesa. È pulito come un bambino e a me dà fastidio perché è lui che ha fatto cominciare Guenda.

– Eccoci qui, siamo finalmente soli, amore... – scherza Tapia grattandomi la mano. Poi si accende una sigaretta, sorseggia il fumo e mi parla del viaggio in barca con Stella:

– Mille euro a testa per la cambusa sono troppi – dice.

– Ha preso da sua madre... – faccio io.

– Ah sì?

E il punto interrogativo è così calcato che sono costretto a rispondere anche se vorrei parlare d'altro.

– Il padre invece è una delle persone più generose che io conosca.

– Sarà per questo che è così bravo a fare il suo lavoro... Per curare gli altri bisogna essere generosi. O no?

"Sono guarito...", è quello che dico a tutti, eppure ogni volta che si parla del mio tumore Tapia chiede sempre, non afferma mai. Forse perché non mi crede, o perché è sensibile. O forse è un'accortezza da buon politico, una figura retorica e nient'altro.

– Pigi Marraffa è un uomo misterioso – ed è l'unica cosa che riesco a dire sul medico che mi ha salvato la vita.

– Ho cominciato a leggere le pagine che mi hai dato...

– Ti piacciono?

– Molto. Io leggo poco, Poldo. Solo romanzi storici, ma per me... – mi verso da bere e lui si interrompe. Verso da bere anche a lui e ricomincia: – Per me vale... cioè... il modo in cui racconti le cose... è... prolisso ma... vale... Quando te lo pubblicano?

– A settembre.

– Vecchio trans! Manca poco... – spreme un pezzo di limone squagliandosi un'ostrica in bocca. – Goditela!

– Cosa?

– La tua ultima estate da sconosciuto... – sorride. – Alle puttane, Poldo!

– Ai bocchini, Ciccio!

Brindiamo augurandoci il meglio. Il vino freddo scende in gola, la testa si annuvola e per un attimo sono convinto che andrà tutto bene. Ne sono certo.

TRE

Apro il cancello di casa e la prima cosa che noto sono le impronte di un gatto sul cofano della Range di papà. Nella cassetta della posta qualcuno ha ripiegato un giornale che vende barche. Apro la cassetta, ci sono un volantino che sponsorizza una clinica di iPhone e una busta rosa. Dentro c'è una lettera, anch'essa rosa. Leggo:

Luce dei miei occhi. Sei più bella dei diamanti. Quando ti vedo il mio sangue prende fuoco. Sei più bella di un arcobaleno. Per te farei qualsiasi cosa, farei anche più di qualsiasi cosa. Per te mi ucciderei. Quando guardo il cielo penso a quanto il mondo è piccolo e a quanto siamo insignificanti, ma poi ti penso e allora le nuvole prendono la forma della tua faccia e il cielo diventa la nostra casa. Io ti amo più di ogni altra cosa. Se non ci fossi mi ammazzerei. Io ti amo. Io ti chiedo solo di stare con me mentre tu puoi chiedermi tutto quello che vuoi e io lo farò perché ti amo. Grazie.

Ho bevuto troppo, mi gira la testa. Guardo la busta rosa, senza francobollo e nemmeno un indirizzo. La butto via. Guardo il vetro del telefono sbriciolato come un biscotto. "Clinica di iPhone" penso. Sono le sette di sera, c'è ancora tanta luce e sudo. Attraverso il giardino, entro in piscina vestito scendendo le scalette, senza tuffarmi. Poi levo tutto e rimango nudo. Faccio qualche vasca fino a smaltire l'alcol.

Chiamo il Caminetto, pasta al ragù bianco e pollo al curry. Lascio dieci euro di mancia al ragazzo del Deliveroo, che mi ringrazia così tanto da farmi sentire in colpa. Mangio mentre guardo un documentario sul Proibizionismo. Mi viene in mente la storia per un film e la appunto sulla mia agenda di idee. Accendo l'aria condizionata a diciassette e anche la ventola, solo per guardarla muoversi. Su una pala c'è una striscia rossa, metto l'elica al massimo e quella piccola striscia diventa un grande cerchio. Spengo il ventilatore. Lo riaccendo, stavolta piano. Accelero gradualmente. Voglio vedere l'attimo in cui la piccola striscia diventa un grande cerchio. Non ci riesco. È l'una di notte, non sento mio padre e mia madre da venti giorni. Mi squilla il telefono: è Stella. Chiede cosa faccio.

– Sto guardando un cerchio rosso – rispondo.

– Ti senti bene? – domanda.

– Sì. Te?

– Mbè, anche io. E i tuoi?

– Stanno... – allungo la mano verso la ventola – a Cuba.

– Hai casa libera... organizza qualcosa.

– Come sta tuo padre? – chiedo.

– Papà? – Stella perde tempo, respira col naso mentre strane voci interferiscono nella chiamata. – Papà sta a Parigi – risponde. Forse non vuole dirmi "come", o forse ha capito "dove". Rimango col dubbio.

– Salutamelo.

– Le senti anche tu? C'è qualcuno che canta...

– Sono io, Stella.

– Non sei tu. Sono tanti...

– È un film, si è aperta l'applicazione e...

– Che film?

– *Scalciando e strillando.*

– Cos'è?

– L'opera prima di Noah Baumbach – ansimo.

– Ah, quello di *Palindromi*?

– Quasi, Stella...

– È bello?

– Non proprio... Però... Nell'ultima scena due personaggi camminano per strada e nelle vetrine si vede riflessa la troupe: un carrello e i piedi del macchinista. Dovresti... Anche se non ti piacerebbe... Dovresti considerarlo, Stella.

– Dopodomani incontri Burro di Arachidi, vero? – Stella formula la domanda con voce nuova, più fresca, come se avesse appena bevuto.

– Con chi mi vedo io?

– Brando Bruno Lombardi dell'Orchidea Film... Sai, io ho fatto un provino per una serie loro che dovrebbe partire in autunno. Speriamo bene, Poldo... Sento che... – nel frattempo il film in sottofondo è arrivato alla scena finale: "Di che segno sei?" fa lui. "Sono Scorpione" risponde lei.

– Poldo, mi senti? – annuisco sbadigliando. – Mbè, penso che sarei perfetta per il ruolo... Tu mi conosci, se lo dico è perché è vero.

– Come lo hai chiamato?

– Chi?

– Brando.

– Ah... Burro di Arachidi. È il suo soprannome ma non glielo dire, lo sanno tutti tranne lui.

– Io non lo sapevo – sussurro mentre fuori in giardino qualcosa mugugna.

– Pare che faccia sempre paragoni con Nutella, confetture e altre cose da spalmare... Se non gli piaci ti paragona al burro, se gli piaci tantissimo al miele... Mi è giunta voce, Poldo, però rimanga tra noi, che dopo aver visto il mio provino abbia detto: "Questa ragazza è castagna spalmabile"...

– Castagna spalmabile non è male, Stella...

– Castagna spalmabile è buonissimo, Poldo... Speriamo bene.

Tra poco il televisore si spegnerà da solo. Dico a Stella che ho sonno e che devo controllare il giardino.

– Forse ho i ladri in casa, tesoro.

– Pensami mentre ti sgozzano.

– Notte, Stella.

– Notte, Poldino.

Fuori il buio è invernale, dal cielo nuvoloso non filtra la luna. L'aria è calda e i cespugli di rosmarino si muovono come toccati da un vento che non so sentire.

– Esci fuori! – grido al nulla. – Esci fuori – ripeto al nulla.

Quando rientro in casa il conto alla rovescia è già cominciato. Mancano trenta secondi. Senza guardare lo fermo a uno. Mi addormento alle quattro. Accanto ho il televisore acceso. Sopra, il grande cerchio rosso.

La verità è che sto perdendo colpi. La mia memoria non è più quella di un tempo, e la cosa preoccupante è che quando avrò finito di raccontarvi le mie stronzate forse sarò morto. E se non sarò morto avrò ventisette anni, e allora sì che sarà tutto finito. Tanta ombra dietro alle spalle e davanti agli occhi la luce mortale dei trenta. Ventisette anni. Una bastonata sul naso di quelle che fanno piangere, che levano il fiato e rincoglioniscono. Non pensavo di arrivarci così, a ventisette anni. Così sprovvisto. Tra le cose che non ricordo, la più inquietante è questa: non ricordo di essere cambiato. Forse, in questi anni ho trovato le parole per essere diverso. Per sembrare diverso.

Ma ho ricordi, chiari come acqua di fonte, in cui penso le stesse cose che penso oggi. Semplicemente non sapevo come dirle. Non avevo la forza verbale per muovere incontro a quello che i grandi consideravano giusto. Ma ricordo molto bene quando mi prendevo gioco di loro, quando sorridevo con la faccetta timida solo per suscitare compassione, o ridevo alle loro battute, a certe barzellette edulcorate che quella gran puttana della maestra Pamela ci raccontava prima di ogni lezione. Mariuccio, Stella, Teo... mica lo capivano. Guendalina, Nicoletta, Bianca... neanche loro lo capivano che bisognava ridere, ridere a crepapelle fino a stordire l'ego scalcagnato di quell'attrice mancata che era la maestra Pamela. Neanche Silvietta rideva, però lei aveva le sue ragioni: la maestra Pamela leccava il cazzo a suo padre. Aveva la pelle ambrata, la maestra Pamela, mammelle rifatte, capelli sempre profumati. Denti bianchi come lavandini.

QUATTRO

Immergo la mano nel cestello del ghiaccio fino a non sentirla più. Guenda mangia con le mani carpaccio d'orata e si infila grossi mucchi di zenzero in bocca perché ne va matta. Mi verso da bere con la mano atrofizzata e per poco la bottiglia non cade. Fuori il cielo è azzurrissimo e le nuvole bianchissime. C'è tanto vento e anche se c'è il sole ho la sensazione che stia per piovere. Nel nostro tavolo di design in quercia ci sono strani buchi, in uno di questi incastro il bicchiere fino a farlo sparire, poi verso l'acqua a Guenda che non si è accorta di nulla, tira indietro le gambe per non bagnarsi. Quando capisce lo scherzo inizia a ridere. La guardo ridere. Mi piace vederla ridere. Grata e pura e ancora più bella. Mi dice di rifarlo. Lo rifaccio. Posta il video su Instagram. I suoi centoquarantamila follower cominciano a commentare. Uno dice: "Genio!", un altro: "Riconosco il tavolo: Zuma!" Un altro ancora domanda: "È il figlio di Biancheri?! Ma non era morto?"

– Ti capita mai di guardare le nuvole e di avere la sensazione che stanno ferme e che a muoversi è il cielo?

– No – rispondo.

– Ho quasi finito il libro – sibila. – È un'autobiografia? – e si tocca le punte dei capelli.

– Più o meno – dico.

– Pamela con me era buona.
– Lo so.
– Mi dispiace...
– Cosa?
– Che con te era cattiva.
– Non era cattiva. Le stavo antipatico.

Guenda va al bagno. Resto solo. Mando giù un grosso bicchiere di vino bianco cileno. Poi la raggiungo. Entro nel cesso delle donne, una giapponese mi guarda severa. Io sorrido fino a farla arrossire. Mi guardo allo specchio. Sono bello. Forse non sono mai stato così bello in vita mia. Ho smesso col tennis e faccio pugilato, ho parecchi muscoli e gli avambracci sono pieni di vene. Mi sono fatto crescere la barba, ho la pelle liscissima e gli occhi perfettamente blu. Entro. Sul coperchio del cesso c'è una pista di cocaina lunga quasi un palmo. Vicino c'è la carta delle Fruittella che la conteneva. Guendalina è in ginocchio, di spalle. Si gira terrorizzata. Penso a quando da bambini andavamo di nascosto al bar della scuola a comprarci le Fruittella. Sento il sapore delle Fruittella in bocca. Acido.
– Perché non chiudi la porta? – domando girando la chiave.
– E te perché stai nel bagno delle donne?
– Buttala via.
– Ma sei matto?! È del Niagara.
Mi controllo la tasca tirando fuori delle pasticche di morfina.
Le scuoto: – Morfina – dico come se parlassi a un cucciolo di cane.
Guenda rimette a posto la coca.
– Da quando ti fai di morfina?
Mi tocco la schiena: – Da dopo l'operazione. Le medicine finiscono, le ricette rimangono.
Guenda sorride. Poldo anche.

Torniamo al tavolo fatti di morfina. Ordino un sakè freddo e lo scoliamo. Rimetto la mano nel cestello del ghiaccio. Propongo una gara. L'alcol e la morfina fanno effetto e riusciamo a stare venti minuti con le mani immerse. Quando le tiriamo fuori sono viola. Sento che sto per avere un attacco di panico, ma sono troppo fatto e non riesco a caricarmi il panico sulle spalle. Mi passa accanto e lo vedo e vorrei quasi raggiungerlo. Ma non ho forza. Non ho la forza di avere paura.

Arriva il conto. Sono duecentosettanta euro. Se non dividiamo si offende. La guardo sulla fronte, là dove i capelli nascono, e mi viene voglia di offenderla. Pago io. Lascio trenta di mancia. Sono le due e ventisette.

Per strada fa troppo caldo e non si può camminare. Ci ficchiamo nella Range di mio padre. Accendo l'aria. Rimaniamo così per un po'. Risalgo piano via del Tritone, costeggio la fontana ed entro nell'ombra di via Veneto. Al semaforo si avvicina un lavavetri. La faccia friabile, i denti morti. Ha una maglietta di Kobe Bryant che gli arriva alle ginocchia. Apro e gli do cinque euro. Sento che mi dispiace perdere l'aria condizionata. L'uomo mi guarda felice e vuole pulirmi il vetro ma gli faccio cenno di no. Non mi va di cancellare il gatto.

Davanti alla Samocar c'è un posto di blocco. Ci fermano. Sono pieno di alcol e di morfina e penso che stavolta non ho speranza. Accosto la macchina accanto a tre Ferrari in vetrina.

Il poliziotto si affaccia indicando Guenda. Soltanto ora mi accorgo che sta dormendo con i piedi sul cruscotto.

– Un'amica – biascico.

– Svegliala – ordina.

Le muovo la spalla finché urla qualcosa in francese. L'ufficiale prende i nostri documenti e va a studiarseli in macchina.

Dallo specchietto lo vedo scuotere la testa. Una copia de *Il Deficiente* è arrotolata in fondo al parabrezza, scolorita dal caldo. Alla fine ritorna:

– Sei il figlio di Stefano Biancheri? – chiede.

Annuisco guardando Guenda, che si è riaddormentata e russa.

– Mbè, di' a tuo padre che è un grande... È l'unico... – aggiunge, – l'unico in questo paese che ha il coraggio di dire la verità.

Più tardi, guardando il cerchio rosso, mi torna in mente una cena ai Piani. Ero appena guarito. Papà si sforzava di essere felice ma era troppo stanco. Tutto a un tratto mi resi conto che era un uomo anziano e che da lì in poi sarebbe stato sempre più vecchio. Mamma contemplava il menu con due paia di occhiali uno sopra all'altro, comprati in farmacia. Per più di un anno ero convissuto con la possibilità di morire. Adesso la vita scorreva normale: mamma che mi carezza e le molliche sul tavolo. Eppure c'è qualcosa che non va, e anche se è dentro di me, non so cosa sia. Mio fratello di tredici anni racconta di aver visto un documentario sull'eroina dove un tossico dice di sentirsi invincibile quand'è fatto. Chiede a mio padre se è vero e mio padre si vergogna di rispondere. Papà ha un Rolex con la ghiera rossa e blu e una cravatta Brooks Brothers dello stesso colore.

– Voglio farmi di ero per dormire da solo! – dice il figlio.

– Non dire fesserie – commenta il padre sorridendo.

Leone insiste: – Non è una fesseria. L'ero ti leva le paure.

– Se ti fai di eroina – ribatte il padre, – diventa complicato alzarsi e andare a scuola, credimi.

– Ah sì? – fa il figlio scolandosi un bicchiere di San Pellegrino. – Allora comincio stasera.

– Leone, bevi piano! – è la madre a dirlo.

Guardavo mio fratello ruttare e lo immaginavo di notte mentre dormiva accanto a mamma e le stringeva una parte del pigiama per paura che scappasse. E poi lo immaginavo il giorno dopo con la tuta del Marymount sulla poltrona rossa dello psicologo. Si versò un altro bicchiere d'acqua. E io provavo soltanto amore. Anche se continuava a esserci qualcosa che non andava.

Sono le due e quarantasei di notte e, pensando a una vecchia cena, mi addormento sotto il cerchio rosso.

Un giorno la maestra Pamela si mise a correggere i compiti di Storia sulle mie gambe. Si mise proprio in braccio a me. Due anni prima avevo lanciato un sasso oltre la staccionata che separava la nostra scuola da un campo di sterpaglie che qualcuno credeva pieno di serpenti. Guendalina Pech mi guardava mentre simulavo il lancio, poi accadde: una parabola elastica che lasciò Guenda a bocca aperta mentre io me ne ritornavo saltellando in preda a un piacere enorme, simile a quello che qualche tempo dopo avrei provato con Pamela in braccio. La Forza. La Potenza. Tutto qui. La maestra aveva una maglietta bianca, quel giorno, che esaltava la carnagione scura. Incominciai a studiarle la schiena. I nei sembravano fagioli, ed era piena di chiazze opache. Scesi con gli occhi fino alla cinta e lì mi accorsi che delle formiche le stavano entrando nei pantaloni. Non era colpa sua. Era pulita, la maestra Pamela. Il punto è che quella scuola brulicava di formiche. Poi le guardai le spalle. Erano spalle larghe e sensuali. Chissà la maestra Pamela fin dove avrebbe lanciato un sasso? Ci parlava spesso delle spalle... Delle sue e delle nostre. Che vanno tenute alte perché "da come uno le tiene, le spalle, capisci chi è... E capisci se ha studiato!" Che vanno curate e allenate, che vanno rispettate e che soprattutto "non vanno mai mostrate al pubblico". Questo ce lo diceva nelle ore di teatro: "Un bravo attore guarda sempre il pubblico. Non mostra mai le spalle, altrimenti il pubblico non capisce... E un bravo attore deve far capire tutto." Pamela voleva essere un'attrice e come tante prima di lei, non ce l'ha fatta. Io non so cosa fa un bravo attore per essere un bravo attore, però so che una brava attrice non finisce a correggere compiti in braccio a Poldo con un formicaio in culo. Le recite! Le recite! Quelle sì... Anche se non facevo mai un cazzo. In prima elementare mi abbigliò da canguro e disse:

– Alla fine si chiuderà il sipario... Tu tieniti pronto.

– Devo andare col sipario chiuso, maestra Pamela?

– Sì, devi saltellare quando il sipario è chiuso.

– Ma non mi vedrà nessuno?

– Ti vedranno tutti appena io lo riapro.

– Potrò dire qualcosa?

– Assolutamente no!

– Ma tutti gli altri parlano?

– Tu sei il colpo di scena! E il colpo di scena non ha bisogno di parole... Ti ricordi? Ve l'ho spiegato.

– Sì.

– Adesso vai...

– Sì.

– E non mostrare le spalle al pubblico.

CINQUE

È mattina presto quando entro in palestra. A quest'ora c'è poca gente. In fondo alla sala riconosco un pugile professionista che sgancia potenti diretti al sacco. Tira ripetizioni di otto colpi, poi molleggia qualche secondo e riparte ed è così metodico che il rumore della catena che sbatte diventa quasi una musica. Davanti a me c'è una grossa foto di lui che alza al cielo una cintura dopo un incontro importante. Corro sul tapis roulant a nove chilometri orari e parlo con un ragazzo di trentanove anni che nella vita fa il poeta. Nel senso che scrive poesie. Mi parla di Quasimodo e Gioacchino Belli, poi saliamo sul ring e facciamo due round. È alto un metro e novanta, il suo jab è rapido. Mi tiene a distanza con piccoli colpi sulla fronte, sono costretto ad abbassarmi e andargli sotto rinunciando al mio stile. Al suono della campana comincia a raccontarmi di una poesia del Belli che parla di pugilato, ma ha il paradenti in bocca e non capisco nulla. Poi parte il secondo round e mi spacca la faccia.

Mi presento all'appuntamento con l'occhio massacrato. Aspetto sul divano davanti a una porta chiusa. Poi la porta si apre e una signora magra di mezza età esce invitandomi a entrare. Il produttore mi osserva avido. Ha lo sguardo snaturato di un vecchio amico che per anni hai visto con gli occhiali e che tutto a un tratto passa alle lenti a contatto.

È uno sguardo che non riesco a capire e mi assale il terrore che il mio pene penzoli fuori dalla patta dei pantaloni. Con un gesto velocissimo mi tocco il cazzo per controllare, e il produttore mi guarda mentre mi tocco il cazzo per controllare. Mi gratto la barba, mi stiro un sopracciglio. Per quattro secondi pulitissimi mi guarda il cazzo. Sento le gocce della flebo che cascano nell'acqua con la forza di un tamburo. Uno... Due... Tre... Quattro.

– Il copione è bellissimo – fa, e poi scandisce: – Mi pia-ce-reb-be... lavorare con te... – sorride.

– A me anche – rispondo guardando i premi alle sue spalle.

Tra un Telegatto e un Oscar europeo c'è una grossa foto incorniciata che lo ritrae sul divano accanto a una donna e nove bambini. Uno dei bambini è seduto sul bracciolo e tende le mani verso un enorme albero di Natale. L'albero è circondato da regali impacchettati ad arte per finire in quella foto.

– Quanti figli hai? – chiedo, più gentile che posso.

– Dieci! – risponde subito. – E con la stessa moglie...

Provo a ricontare i bambini. Burro di Arachidi se ne accorge:

– Il decimo non lo trovi lì dentro... Il decimo stava ancora qua – e col mignolo indica una parte della foto che io contemplo per tre secondi prima di capire che si tratta del suo cazzo. Ridiamo.

Mi chiede cosa faccio in questo periodo. Gli racconto del libro. Ogni tanto mi interrompe dicendo: "Non deve essere facile per voi giovani." "Non deve essere facile per voi giovani."

– Due anni fa sono stato male. C'era il rischio che... Così ho cominciato a scrivere. Purtroppo sono ancora vivo... E ora vogliono pubblicarmi – ridiamo ancora.

– Devo assolutamente leggerlo! – dice. – Voglio leggere tutto quello che hai scritto. In tanti mi dicono, sai... In tanti mi dicono: "Il figlio di Stefano è il più bravo di tutti."

Sorrido e dalla mia Ted Baker gialla prendo una copia cartacea che porto sempre appresso. Gliela do. Lui mi ringrazia toccandomi la mano per quasi tre secondi. La pesa, la sfoglia e legge ad alta voce l'incipit:

– La verità è che sto perdendo colpi. La mia memoria non è più quella di un tempo... Già mi piace! Te sai cosa c'hai, Stefano?

– Poldo... – lo correggo.

– Poldo, scusa! POLDO! Pol-do. Lo sai?

Faccio no con la testa.

– Il miele! Te hai il miele. È una cosa che pochissimi hanno. Mbè... Te ce l'hai!

Lo ringrazio sorridendo mentre indica un divano alle mie spalle: – Siediti, Stefano!

Vado da Guenda. Esco dalla macchina saltellando. La trovo in piscina con le tette di fuori sopra un materassino a forma di fenicottero.

– Copriti che ti vedono dall'aereo!

Ha un seno piccolo con i capezzoli lunghi. Più scuri di quello che ricordavo. La raggiungo in acqua tuffandomi a candela. Le racconto dell'appuntamento e della sensazione di ritrovarmi con il cazzo di fuori.

– Quante volte ti è successo di ritrovarti col cazzo di fuori? – mi chiede salvando un grillo.

– Mai! Io non sono mai finito col cazzo di fuori da nessuna parte, Guenda. È una paura... Anzi no!... Anzi sì!... No! Non è una paura.

– Quindi?

– ...

Quindi nulla. Non so cosa dire perché non so cos'è. Intanto accade qualcosa. Guenda cambia. La vedo trasfigurare, la pelle si ritrae. Vedo il teschio della sua essenza: pura, viziata e fragile. "Pupilla ferita" penso. – Pupilla ferita – sussurro.

– Ma chi ti ha menato? – chiede, improvvisamente prossima al pianto.

Mi tocco il viso senza capire, e sento dolore. Mi ero scordato di essere tumefatto. – Un poeta – rispondo, – nulla di grave.

Perché il produttore non ha detto nulla? E poi cosa vuol dire che ho il miele? Non voglio pensare. Bacio Guenda sulla testa. Lei mi si attorciglia al collo con le braccia e casca in acqua. Un urlo roco.

– Da quant'è che non ci baciamo? – domanda.

Spingo via il fenicottero e per sette minuti le nostre lingue convivono.

Il rombo di un motore costeggia la siepe, non si vede nulla: soltanto un'ombra e le foglie che si muovono. Poi il cancello si apre e la Lambo gialla del padre di Guenda entra. Il soffitto del parcheggio è basso, le pareti sono di vetro e l'ultima parte sconfina nel salotto. "Papà compra solo Lamborghini perché sono le uniche che gli entrano in casa" mi disse un giorno Guenda scherzando.

Ogni volta che assisto al padre di Guenda che parcheggia in salotto, una parte di me si commuove. Il lusso, quando accade sotto forme impreviste, conserva sempre qualcosa di sacro, qualcosa di molto simile a certe montagne innevate.

Non voglio farmi trovare seduto, mi alzo dall'ottomana di pelle fredda e cerco nello specchio il sorriso giusto. Clemente Pech entra levandosi l'orologio, lo lancia nel cestello delle chiavi e posa una grossa busta bianca della Apple sopra un tavolo di cristallo. Tira fuori la scatola di un drone, prova a squarciare la patina di plastica ma con le unghie non ci riesce. Poi torna al cestello, prende un mazzo di chiavi per tagliare la plastica e il mazzo di chiavi si porta appresso l'orologio che casca a terra. Clemente mormora una bestemmia. Sono fermo a tre metri da lui e sto per salutarlo, consapevole che è già troppo tardi e la mia presenza oramai è sospetta.

– Ciao, Clemente.

Non mi risponde. Inizia a canticchiare, smette di aprire il drone e si dirige verso l'angolo degli alcolici dove, incastrato sopra un tagliere, c'è un grosso stinco di prosciutto iberico. Clemente si taglia una fetta di patanegra e canta: "Una spiaggia tranquilla, una terra promessa, all'inferno e al paradiso..." *Capo d'Africa* di De Gregori... Papà la metteva sempre quando d'estate andavamo al mare. Sussurrando concludo la strofa: "Dove un giorno potremo sbarcare a cavallo di un nuovo sorriso." Solo ora mi accorgo che Clemente ha due AirPods pressati nelle orecchie. Slittando sul parquet raggiunge un mobile di legno verde, apre lo sportello, prende una scatola di Hogan con dei fori ai lati e torna verso il patanegra. Mentre la apre sento squittire. Afferra un topino bianco, gli arrotola una fetta di patanegra intorno al ventre e lancia l'involtino nell'acquario dei piranha. Vedo l'acqua che si colora di rosso e penso a dove è arrivata la canzone: "E guardare la vita che è intorno, dove la vita è bella davvero." Per la seconda volta in questa estate mi viene da piangere. Ma sono dieci anni che non piango. E quindi non piango.

Una porta sbatte al piano di sopra. È Guenda, tira su col naso mentre scende le scale. Faccio tre passi indietro e mi nascondo in cucina.

– Papà!

Clemente la vede, ticchetta le cuffie. – Ti ho comprato un drone, amore.

– Grazie.

– Di chi è la Range qua fuori?

– C'è Poldo.

– Poldo?! È guarito? – E lo sento masticare una fetta di prosciutto.

– Sì... Sta benissimo. Ma che ore sono?

Le due e quarantadue, sussurro a me stesso mentre Clemente raccatta l'orologio da terra.

– Le tre meno un quarto – arrotonda per eccesso.

– Perché stai a Roma? – chiede Guenda.

– Avevo un appuntamento con Pigi Marraffa... ora torno a Porto Ercole. Sai qualcosa riguardo... i cani?

Il pensiero di Pigi a Roma mi fa deflettere. Ho freddo e sono confuso. Per quale motivo Stella al telefono ha mentito? La cucina ha lunghi piani di marmo nero e lucido. Uno spremiagrumi Smeg giace intonso accanto all'induzione. Coltelli da pesce percorrono il muro appesi alla barra magnetica.

– Ho fatto visionare tutte le telecamere del comprensorio – prosegue Clemente. – Nessuno è entrato, a quell'ora.

– Mbè... I cani sono spariti quindi qualcuno deve essere entrato, papà.

– Forse era già dentro. Forse il ladro è tra noi, Guenda...

– Papà...

– Amore... 'ndo stanno i cani?

– Papà...

– Dimme.

– Posso provare col drone... Magari dall'alto riusciamo. Papà?

– Dimme...

– Lo sai che casa nostra si vede dall'aereo?

Clemente non replica, dal vetro opaco che mi nasconde lo vedo frugare nella busta, prende un'altra scatola. Il signor Pech mostra a sua figlia un anello con un grosso diamante incastonato. Sento il respiro metallico di Guenda che ingoia ossigeno.

– Io e tua madre oggi facciamo quarant'anni di matrimonio... Avevo ventitré anni quando l'ho sposata, e avevo anche una Panda rossa. E poi avevo quattro camicie, due paia di scarpe eleganti e l'ernia del disco...

Infila l'anello al dito della figlia come se fosse sua moglie, la prende sottobraccio e comincia a ballare intonando *Forever Young* degli Alphaville accanto alla Gallardo gialla che dal punto in cui mi trovo, come mai prima, appare dentro casa. La porta che dà sul giardino è aperta. Raggiungo la piscina passando dal retro, mi sdraio e ripeto la prima pagina dell'*Anticristo*:

"Guardiamoci in viso, noi siamo Iperborei... Né per terra né per acqua troverai la via che conduce agli Iperborei... Guardiamoci in viso, noi siamo Iperborei... Oltre il nord, oltre il ghiaccio e la morte: la nostra vita, la nostra felicità... Abbiamo scoperto la felicità, conosciamo la via, abbiamo trovato l'uscita per interi millenni di labirinto. Chi altri l'ha trovata? Forse l'uomo moderno? 'Io non so né uscire né entrare, io sono tutto ciò che non sa né uscire né entrare' sospira l'uomo moderno..."

Mi fermo. Comincio a pensare al significato di Iperboreo che tante volte ho cercato e tante volte ho dimenticato.

Mi specchio nell'acqua che brilla: – Guardiamoci in viso, Poldo – sussurro.

Era la storia di un canguro scomparso. La recita durava un'ora e mezza e per tutto il tempo gli animali della foresta mi cercavano. Io me ne stavo dietro le quinte a guardare i miei compagni di classe davanti ai loro genitori. Tutti ridevano. Ricordo quella marmellata di facce tiepide. Padri e madri trepidanti innanzi al futuro mentre io ero lì, in quel tanfo azzurro di legno e gomma piuma, appiccicato a una paratia per lasciare libero il passo a chi entrava in scena. Il caldo asfissiante dentro quel vestito scemo. Che perdeva pezzi. E la bocca piena di peli. Mi prudeva il palato e mi prudeva anche il cervello. Volevo ingoiarmi la lingua e poi grattarmi lo stomaco. Ma resistevo. E non mi sarei mai mosso. Con tutto me stesso. Perché tra poco avrei saltato come un matto fino a spaventare chiunque era lì, fino a fargli credere che fossi un canguro vero. Avrei saltato così tanto che avrebbero dovuto spararmi. La scuola era finita, ormai. L'estate mi aspettava a gambe larghe, umida e zozzona. L'estate mi avrebbe protetto. Sarei stato risucchiato nella sua gola come nel ventre di una balena e lì sarei stato al sicuro. Pamela non sarebbe mai potuta entrare. Nessuno sarebbe potuto entrare. Ero libero da tutti quei figli di mutanda sporca, quei perdimocciolo col viso pieno di croste e l'alito al gusto merda. Il futuro. Il vostro futuro moriva lì, su quel palco... A pochi metri da voi. Padri e madri. Fratelli. Sorelle. Cugini e nonne. Io avrei saltato fino ad annientarvi, fino a distruggere quel sottoscala... E alla fine avreste parlato solo di me. Sarei stato l'unico vincitore. Ero io! Poldo! Il canguro scomparso! Il figlio dell'estate. Mentre voi, piccoli bastardi, figli di Pamela... Siete nulla. Con le vostre facce grasse. Un po' di pace e un po' di morte. E tanta presunzione. E poi nient'altro.

SEI

Attraversiamo Villa Torlonia calpestando cespugli di acanto sotto un sole così caldo da ingiallire le camicie. Le calli di ghiaia che tagliano i giardini sono aride e paiono cemento. Camminiamo fiacchi nel prato elegante che fu terreno agricolo dei Pamphili e poi ancora sotto i Colonna, finché il banchiere Raimondo Torlonia, comprata la tenuta, delegò a Valadier la costruzione di una villa. E quella villa, che secoli dopo fu residenza ufficiale del Duce, oggi è qui e ci fa ombra. Rifiato sotto i portici.

– Trentaquattro gradi. Porcaccio Apollo – sussurro sondando l'Apple Watch.

– Ricordi? – Tapia indica il tronco di un grosso leccio su cui ai tempi della scuola incidevamo iniziali, cuori e celtiche.

– Ricordo tutto – rispondo.

– Sembra ieri – dice guardandomi la bocca.

– E invece è oggi – dico spingendolo al sole.

Usciamo dal parco aumentando il passo. La Nomentana è deserta, la attraversiamo senza guardare fino a largo Paganini costeggiando la villa su vicolo della Fontana. Nel frattempo il cielo si annuvola e, quando raggiungiamo lo slargo, l'umidità è insopportabile. File di monopattini Lime e bici elettriche occupano i parcheggi un tempo pieni di macchinette. Chatenet

Barooder, Ligier X-Too Max, Ginevra e Speedino, Jdm, Aixam vecchie, Aixam nuove derapavano stirando i freni e conquistando ogni giorno, come volontari irridenti, nuovi pezzi di strada. Freschi di pugilato simulavamo incontri lasciandoci grossi lividi sulle braccia, e c'era sempre chi esagerava. "Nascooosta tra i liiibri di scuooola anch'io porterò un po' di coooca" cantava Ciccio storpiando *Ragazzi di Buda*. Dal Fevola e dal Pirandello, i venerdì pomeriggio, arrivavano i ripetenti guidando S3, M3 o Carrera 4S soltanto col foglio rosa. Mischiavamo birra e Fanta, giocando a tedesca con i Super Santos. La musica a palla e le finestre che saltavano, e alla fine i vigili. E allora il vento, via nelle macchinette, imboccando il Muro Torto fino a Ponte Milvio. Orde di shottini segnati in cassa al bar di via Riano, e qualche volta smezzavamo pagando alla romana, altre volte scappavamo, pagando alla rumena. E quasi sempre, anzi, sempre, ci innamoravamo di ragazze irraggiungibili e di culi che sembravano capesante e istigavano verso sogni di libertà i nostri cuori, tutto sommato, puri.

In via delle Isole ha casa Melissa, ai tempi delle medie era l'unica a regalare succhiotti sulle braccia. È una villetta ombreggiata, ricoperta di edera. Tapia sputa a terra: – Stupida stronza – mormora senza alcun motivo. Rido.

Entriamo a piazza Caprera risalendo via Malta. Non c'è nessuno.

– Sei sicuro che era qui? – chiedo a Ciccio, il cui completo grigio Armani riluce al sole come un pezzo di specchio.

– Caffè? – domanda dopo un po' indicando Marziali.

Sotto il pergolato del bar sposto il nebulizzatore e me lo pianto in faccia. Tapia fa lo stesso. Sessantotto gocce dopo arrivano i caffè. Mentre beviamo passano due ragazzi in macchinetta. L'Aixam City Sport che guidano ha anche un navigatore e dai subwoofer gli Ennessepi cantano amore eterno a Evita Perón: "Evita lottiamo per te, rinuncio agli onori ma non alla lotta, Evita combatto con te..." E fanno tre giri intorno alla fontana cambiando il ritornello: "Rinuncio alla canna ma non alla botta, Evita pippiamo per te!"

Poi scompaiono verso la Nomentana. All'incrocio con via Dalmazia non rispettano lo stop, una macchina inchioda e per poco non li prende e quella macchina è il Cayenne di Dodo. Al volante c'è solo Guenda, e anche se ha ragione chiede scusa alzando un braccio.

Ci raggiunge con il motore su di giri e la macchina che singhiozza.

– È tanto che aspettate? – chiede.

– È tanto che non cambi marcia? – rispondo.

– Amore, hai messo il sequenziale – ride Tapia levandolo.

Guido io fino al centro. Parcheggio al terzo seminterrato del Parking Ludovisi e raggiungiamo Achilli al Parlamento per comprare quattro bottiglie di Jacquesson 743 ghiacciate. Uscendo, tagliamo per San Lorenzo in Lucina e davanti a Ciampini Guenda dice che vuole bere.

– Una cosa leggera col gin – chiede al cameriere che le guarda il piercing sul capezzolo. – Un... Non so.

– Un Martini? – fa lui.

– Un Martini va benissimo – acconsente Guenda.

– Tre, grazie! – aggiungo per inerzia.

– Si scalderà lo champagne, mentre beviamo – piagnucola Ciccio.

– E molti bambini morranno di fame... – gli ricordo caricando una Heets al mentolo.

Guenda ha un vestito Dior a fiori e al polso un tatuaggio appena fatto. Sotto il cellophane s'intravede un teschio con la data: "10/9/?".

– Che roba è? – le chiedo.
– È la mia data di morte.
– Ah sì?
– Morirò il dieci settembre, Poldo. Me l'ha detto una chiromante.
– L'anno?
– L'anno dice che ancora non c'è.
– Molto bene...
Paga lei con cinquecento euro.

Attraversiamo via del Corso calpestando quanta più ombra possibile fino all'hotel Valadier in via della Fontanella. Sotto c'è Rudy, il proprietario. È un po' che non lo vedo. L'ultima volta pippava nei bagni del Magick prima di una finale a calciotto.
– Stanno tutti sopra – dice caricando l'Audemars Piguet.
– Prendilo, un po' di sole – scherza Guenda.
– Hai presente il Valium? – domanda Rudy.
Guenda annuisce.
– Hai presente le lampade?
Guenda annuisce ancora. Rudy sorride.
– Adesso uniscile.
– Ti sei addormentato lì sotto? – gli domanda Ciccio.
– Capita...
– Hai presente Poldo? – irrompo.
Rudy si volta verso di me.
– Adesso salutalo – dico sorridendo.
– Camerata Biancheri! – urla stringendomi l'avambraccio. – Sono felice che sei guarito.
Mi osservo nel riflesso dei suoi Cartier. La giacca di lino chiaro e la camicia a strisce bianche e blu. E per un attimo vedo quello che vede lui: Poldo Biancheri in forma straordinaria.
– Grazie, Rudy.
Prima di salire ci mostra il nuovo lucernario antistante la hall.

– Dopo che mio padre è scappato – dice, – ho preso il comando.

– Tuo padre è scappato?

– Con un uomo – risponde Rudy senza fatica.

– Ma allora è vero. Pensavo fossero... leggende.

– È tutto vero, Poldo. Un giorno mentre pranzavamo si alza e dice: "Sono frocio da cinque anni."

– "Sono frocio da cinque anni": ha detto così? – chiedo trattenendo le labbra. Rudy se ne accorge.

– Lo so che fa ridere. Tranquilli. Ridete.

– Che storia di merda! – sbotta Ciccio ridendo.

Ridiamo tutti. Anche Rudy.

– Cosa c'è là dentro? – chiede indicando le bottiglie.

– Brodo – risponde Tapia.

Entriamo in ascensore. Rudy preme l'ottavo piano. Una targhetta avverte che i bambini sotto i dodici anni devono essere accompagnati da un adulto.

– Dodici anni sono tanti – penso ad alta voce.

– Direttive internazionali – spiega Rudy.

– Regole assurde per qualsiasi cosa – penso ancora ad alta voce.

Nessuno controbatte, finché Guenda, candidamente, pensa a bassa voce: – Te l'ho detto che serve una guerra.

La sento solo io.

Fuori, nell'attico pensile, il vento è stranamente fresco. Stella mangia finger food da un vassoio di cucchiai rigirati e parla di Burro di Arachidi con un tizio che legge sceneggiature all'Orchidea Film:

– Castagna spalmabile. Ha detto castagna spalmabile...

– Non l'ho mai sentito – ammette il ragazzo, – però non penso sia male.

– Anch'io... Sai, anch'io credo...

– Fuck you, Stella – dico palpandole il culo, e da un cespuglio di bougainville due camerieri escono con vassoi di vino bianco. Afferro un calice, ne scolo metà e tutto si allinea: il vento, i fiori e le facce delle persone. Improvvisamente perfette in mezzo a questa guerra persa per sempre.

– Poldo! Quoque tu – sorride Stella mordendomi il collo.

Guenda cerca qualcosa nella pochette.

– Cristo! – sussurra alzando la testa.

– Cosa non trovi? – domanda Rudy sornione.

– Ehm... Il burro di cacao – risponde Guenda dopo un po'.

– Povere labbra – scherza Rudy toccandole il naso.

– Coglione.

– Ho dell'ottimo Labello in bagno, se vuoi...

– Buona? – chiede Guenda con l'acquolina in bocca.

– Hai presente un orgasmo? – domanda.

– Non cominciare... – implora Guenda.

– Hai presente un orgasmo? – ripete.

– Sì Rudy, ce l'ho presente.

– Adesso moltiplicalo per due...

Guenda e Rudy fuggono a pippare. Tapia è sparito. Rimango solo con Stella e il tizio che legge i copioni.

– Te sei Poldo, vero? – domanda il tizio.

– Sì.

– Io sono Dino, lavoro all'Orchidea.

– Bello – dico.

– No. Orribile – fa lui. – Veramente orribile, passo le giornate a riempirmi di morte. Per questo ti ringrazio... il tuo copione è un cazzo nel culo che fa ridere.

– Grazie, Dino – e afferro un piatto di carbonara da un vassoio volante mentre *Qualcuno che si esplode* esce in loop per la quarta volta da un diffusore a forma di bulldog francese. "Cantami, o Diva, dell'ira funesta, e gestisci la rabbia, il deserto ce l'hai in testa, perché siamo in Alaska..."

– Un cazzo in culo che fa ridere...? – ripete Stella tra sé.
Il tizio la sente:
– Sì. È proprio così. Conoscete l'universo? – chiede.
– Perfettamente – rispondo scolando il vino.
– Pare che oltre allo spazio visibile ci siano dimensioni aggiuntive, siamo una matriosca di universi uno nell'altro. Come un libro illustrato. E se in realtà stessimo dentro un cassetto? Il tuo film, Poldo... sembra averlo capito.

Dino ha preso troppo sole, e i capelli secchi di gel cascano dritti come paglia. Ha gli occhi lucidi e la voce che sembra piangere.
– Dino, quello che dici è bellissimo. Però mettiti all'ombra.
– Hai ragione, Poldo, devo stare all'ombra.

Mi abbraccia. Mi abbraccia per otto secondi. Un tempo strano eppure, in cima a quell'attico calcinato dal sole, tra sogni decotti e corpi avvelenati, pare giusto e infinito. E continuando afferma se stesso, nel perdurare sgraziato della sua forma, come quanto di più giusto e di infinito. Mi viene da piangere. Ma sono dieci anni che non piango. E quindi non piango.

Poco più in là, un ragazzo muove le mani suonando un pianoforte che non c'è. Le sue dita schizzano sopra tracce di note che ragliano in testa. Davanti a lui, scalza sui tavolini, Guenda simula un riff. Rudy mi afferra sotto il braccio, ha la cravatta in fronte e la camicia sbottonata.

– Vieni a suonare con noi – biascica portandomi con sé. – Lui è Poldo – grida all'orchestra, – e suona la tromba meglio di un negro.
Il pianista si volta. – Benvenuto, Poldo... Poldo?! – domanda.
– Paolo Scimeca... Paolo Scimeca! – ripeto.

– Poldo Biancheri! – sorride. – Poldo fortunello che segna pure col pisello...

– Paolo Scimeca... Nessuno ha mai giocato a pallone bene quanto te!

– Ero forte... – dice, e intanto una vena di melanconia gli si spacca verde in fronte.

– Eri invincibile, Paolo... Nessuno al mondo ha mai giocato a pallone meglio di Scimeca.

– Eravamo piccoli, Poldo...

– Scimeca... tu non ti rendi conto.

– Ho sprecato molte occasioni... solo questo. Capita a tutti.

– Capita a tutti ma te ne accorgi soltanto quando capita a Dio.

Scimeca resta zitto. Sorride ancora e io capisco che non vuole più parlarne. Fa un passo indietro verso il sole cocente e ricomincia a suonare cose che non esistono. Scappa, Paolo, oggi e per sempre, più forte che puoi. Nulla può spiegare la vita quanto una vita buttata. Io ho visto Scimeca giocare a pallone. Prima che la droga e i soldi e la pigrizia incombessero, io ho conosciuto Paolo Scimeca, ed è per questo, Dino, che conosco l'universo.

Nascosto da un palmizio, Tapia fissa il vuoto. Ha scelto l'angolo più sperduto della planimetria. È solo e così vuole rimanere. Porto con me due coppe in vetro e una bottiglia di Verdicchio per ammorbidire l'agguato.

– Vedi quelle piante? – Tapia indica un terrazzo ricoperto di chiome colorate. – Sembra il paradiso.

– E invece è casa di Stella – dico.

Tapia annuisce. – Pare che là sopra si decida tutto quello che avviene qua sotto, – indica la strada dove quattro gabbiani sbudellano buste di spazzatura e un barbone canta parole incomprensibili. – Tutto quello che vogliamo, tutto quello che pensiamo, Poldo, non sarà mai forte abbastanza da vivere qua sotto senza vivere prima là sopra. – E morbidamente, con un braccio che pare disossato, torna a indicare il terrazzo.

– "Il nostro sistema non sarà deduttivo, vivremo in un mondo di inferenze interrotte e dall'antica menzogna germoglieremo la nostra Verità. Noi. Siamo. Iperborei."

Tapia sorride: – La scrivemmo anche sul grande leccio di Villa Torlonia.

– La scrivemmo ovunque, Ciccio... E ora ci sborri sopra così? Il Club delle Case Volanti? Giornalisti, impiccioni e finanzieri. Stronzate, Ciccio! È soltanto un gruppo di alcolizzati che si passano lo Spedra e qualche dritta in Borsa.

– Mio padre beveva molto – scherza Tapia, – eppure non bastò... "Adesso vediamo" gli diceva Pigi. Povero papà, avrebbe venduto l'anima per entrare nel Club... La sera dell'incidente venni qua sotto e promisi a me stesso che da grande avrei bruciato quella casa. Adesso invece... – sorride – adesso vediamo...

Verso il vino nei bicchieri. Pasticci di polline e bambagia volante aderiscono al vetro, il barbone canta una canzone che parla di sua madre. Piove candore sopra le nostre facce come una coperta di trine. E cerco in tasca un antistaminico.

SETTE

Qua sotto ricordo tutto. Parole, virgole, grilli. Qua sotto, ogni rumore riaccade brillando. Il cerchio rosso è sopra la mia testa. Sembra respirare. Allargandosi e poi stringendosi e poi ancora allargandosi, ciclicamente, a intervalli costanti come un aliseo. Sono quasi morto, perduto nel sonno al di là del Tempo e delle gocce, quando una raffica di vento caldo soffia in giardino piegando i melograni, sento i frutti cadere e la grande porta del salone spalancarsi. Capisco di averla lasciata aperta da dieci giorni, ma è un pensiero limitrofo, troppo ai bordi di quello che sto per fare. Il vento caldo entra in camera rimbalzando nell'aria fredda, le pressioni fluttuano portandosi appresso la porta che sbatte. Segue il silenzio e il buio forte.

Il cerchio rosso scintilla in cielo. Il sipario si apre. Fecero l'inchino tutti assieme. Io poco dopo. Scesi dal palco senza passare per le quinte e andai ad abbracciare mamma.
– Sembravi un canguro vero – disse.
– Voglio un gelato, mamma.
– Piccolo, però, ché andiamo a cena da Stella.
– Io non voglio venire a cena da Stella.
– Viene anche Guendalina.

Crème caramel, menta al cioccolato e due cialde alla nocciola tirate fuori da un barattolo con la bandiera greca. È strano osservare quanto i ricordi siano gonfi di aspetti irrilevanti. E capirlo sotto questo cerchio rosso che brilla è un privilegio. In queste giornate troppo calde, minuti troppo lenti, anni troppo veloci, recettori GABA troppo inibenti, con la mano sinistra che se la tendo trema, posso ancora provare gratitudine.

In macchina papà non parlò. Mamma teneva in mano una grossa bottiglia. Arrivammo con il sole ancora alto. Era la prima volta che entravo in quella casa, Stella girava intorno al tappeto in sella a una Peg Perego con tre ruote, e ovunque mi voltassi vedevo scale e corridoi o grosse finestre da cui filtrava luce, sembrava che là dentro nulla finisse. Ogni stanza nascondeva un'altra stanza. Tirai mamma per la camicia di seta profumata:

– Mamma, siamo a Roma? – chiesi.

Mamma rise. – È bello, vero? – Poi arrivò Pigi e mamma gli ripeté la domanda. – Pigi, mio figlio vuole sapere se siamo a Roma.

Pigi rise. Papà, che aveva perso un po' di tempo in guardaroba, arrivò in quel momento.

– Tuo figlio vuole sapere se stiamo a Roma – disse Pigi ridendo.

Cominciò a ridere anche papà. Tutti ridevano, e allora risi anch'io.

Stella mi prese per mano portandomi in terrazza. Giocammo con l'amaca mentre i grandi accanto a noi parlavano. La dondolavo, completamente avvolta nel sacco di cotone.

– Tua figlia è bravissima – disse mamma a Pigi.

– Sì – rispose subito Pigi, – le piace tanto.

– Si vede, sembrava un leone vero, là sopra.

– Anche quand'era piccola – intervenne Susanna – voleva stare sempre al centro dell'attenzione... L'opposto mio.

– Ha sei anni e mezzo – disse Pigi, – è ancora piccola.

– E l'anno scorso ne aveva cinque e mezzo – rispose Susanna.
– L'opposto tuo? – domandò papà scherzando.
Risero ancora mentre io guardavo il sole spingendo l'amaca, qualcuno aggiunse: – È nata per fare l'attrice.
Per parecchio tempo non abbassai lo sguardo finendomi gli occhi nella grande stella, e quando li chiusi una palla arancione e densa si muoveva al centro del buio.

Guardo il cerchio rosso, molto simile a quella palla. Corre veloce, il cerchio rosso. E ancora non si muove. È fermo, il cerchio rosso.

– Ma il padre? È vero quello che si dice? – domandò Susanna.
– È soprattutto vero quello che non si dice – aggiunse papà.
– Cioè?
– Nel senso che...
– Questo è vero – disse Pigi.
– Vero cosa? – chiese mamma guardando Susanna che probabilmente alzò gli occhi e disse:
– Oggi non li capisco...
– Vero – ripeté Pigi, – nel senso che molte cose non vengono dette...
– Molte cose nel bene o molte cose nel male? – domandò mamma.
Pigi e papà si guardarono, presero fiato e risposero assieme, convinti di sentenziare la stessa cosa:
– Nel male – disse papà.
– Nel bene – disse, invece, Pigi.
– Come nel bene, Pierluigi? È un...
– Non proprio, Stefano... Ha vari interessi.
– Mbè, uno di questi pare sia lo spaccio internazionale, sai?
– Non so quanto sia vero.
– Vieni al giornale e ti faccio leggere quanto è vero.

– L'unica cosa vera è che tra i vostri figli c'è amore... – Pigi schioccò un bacio.

– Stronzo... – ringhiò ridendo papà.

– È solo per questo che non lo sputtana – disse mamma.

– Il mio giornale si occupa d'altro, stronza.

– I narcotrafficanti tirano poco, stronzo – disse Susanna.

– Vecchia mia, il futuro è nella corruzione!

– That's my boy! – gridò Pigi indicandolo.

– I'm a gold digger! – sorrise papà spalancando le braccia mentre il citofono squillava.

Guenda corse per le scale arrivando prima dell'ascensore, raggiunse il ballatoio col viso rosso e l'attaccatura dei capelli sudata. La griglia di ferro art déco si aprì e per un po' non uscì nessuno. Si udiva soltanto la voce di Clemente: "Reggi questo... Anche questo. Reggi bene." Un ragazzo molto grosso venne fuori portando una cassa di bottiglie. Clemente teneva in mano un mazzo di rose gialle, ordinò all'amico di posare la cassa e di andarsene. L'amico obbedì senza dire nulla.

Il cerchio rosso ogni tanto sembra avvicinarsi, mi basta fissare il centro, incantarmi e attendere che la vista si sgrani. Allora il cerchio, capendosi libero, cala sopra di me atterrando lentamente. Quando ciò accade, ricordo tutto.

Clemente teneva in mano un mazzo di rose gialle, ordinò al ragazzo di posare la cassa e di andarsene. Il ragazzo obbedì e disse una cosa, una soltanto. La disse accanto a me come se non ci fossi:

– La femmina morde.

Clemente non rispose, abbassò la testa fissandomi.

– Tu sei il fratello di Stella? – chiese.

– No, papà. Lui è Poldo – disse Guenda al posto mio.

– Poldo! – mi spettinò, – finalmente ci conosciamo.

Il ragazzo andò via per le scale, mentre Ada, la madre di Guenda, usciva dall'ascensore.

Il cerchio mi sta toccando, lo guardo e si ferma. Un mese fa, il giorno stesso in cui consegnai il libro, un armeno venne a montarmi la ventola. Su una pala c'era uno schizzo di vernice rossa. Disse che firmando un foglio potevo rimandarla indietro. "Mi basta che giri" risposi. La sera mi accorsi che il pigmento era fosforescente. Cominciai a fissare la macchia, poi accesi la ventola e la riga divenne cerchio e il cerchio divenne ogni cosa. "Un taglio tondo col ferro caldo nella carne buia di un cerbiatto" pensai prima di essere ingoiato: il cerchio si allargò e nella polvere grigia dei fosfeni apparve mia madre in salopette, giovane più di me, la faccia sporca di colore davanti a una grossa tela bianca, io accanto a lei. E poi sempre mia madre di notte a Londra, nel vento gelido, tra luci che rimbalzano e gente che canta, i nostri volti incorporati nel riflesso, davanti a una vetrina di scarpe da calcio, io accanto a lei. E ancora mia madre, forse mia madre, in mezzo alla luce di quella porta. Io davanti a lei. Le visioni continuarono come febbre per tutta la notte confondendosi nei sogni e nei pezzi di stanza, scivolando sopra la rabbia mancata e la rabbia sbagliata e la rabbia trattenuta e la pacificazione e la grande avventura.

L'indomani chiamai l'editore:

– Ricordo tutto! – urlai. – È successo stanotte, è strano ma ricordo tutto e vorrei aggiungere qualcosa.

– È sempre così – disse, – ora che non puoi tornare indietro vuoi cambiare tutto. È un sentimento normale, Poldo. Stai tranquillo.

– L'ho visto, non l'ho sentito – dissi. – E non posso stare tranquillo dopo tutto quello che ho visto.

– Mbè, stai come vuoi stare ma sappi che il libro è finito,

ed è ottimo... Il titolo, piuttosto, pensa al titolo. *Qui si è perso del tempo* è sbrindellato, Poldo... un po' troppo sbrindellato. Si presta a facili battute, e i critici non se le fanno mai scappare le facili battute.

– Potrei chiamarlo *Sbrindellato.*

– Dai Poldo, non scherzare.

– *Dai Poldo, non scherzare* è ancora meglio.

– Basta.

– BASTA in stampatello... E in copertina? Un motoscafo!

L'editore riattaccò.

Nelle notti successive i ricordi continuarono a scoppiare, perlopiù vecchie cene, suscitate alla memoria da quell'essenza geometrica che girava e gira sopra la mia testa. Il rumore intermittente dell'aria scandisce il volo dell'ippocampo. Ogni cantuccio di vita è ricordato fino all'illuminazione. Anche ora.

Clemente Pech consegnò le rose a Susanna. Pigi aprì la cassa di bottiglie e lesse l'etichetta urlando un nome francese: – Cantina incredibile! – aggiunse.

– Io di vino non capisco un cazzo – rispose il signor Pech che finì la frase guardandomi.

– Cazzo – ripetei ad alta voce.

– Non dire parolacce davanti ai bambini! – lo rimproverò la moglie.

– Ho detto cazzo, Ada? – chiese Clemente, – Ho detto cazzo – si rispose da solo. – Scusate...

– Ma figurati – lo tranquillizzò Pigi.

– Però è vero! – disse Ada guardando papà.

– Cosa?

– Di vino non capisce un cazzo.

Ridemmo. Soprattutto io.

– Ma ho grande intuito – sorrise Clemente sventolando un dito: – Il disegno dell'etichetta non deve avere fiori.

– Fiori? – mormorò papà.

– La calligrafia non deve essere antica. Non deve essere... con i fiori.

Calò il silenzio. Le facce dei grandi si fecero accorte, e quella di mio padre più di tutte, confusamente in bilico tra l'allegria e il terrore.

– Si ce stanno i fiori il vino è 'na merda, Stefano.

– Io la penso come te, Clemente – convenne papà.

– È proprio una merda, Stefano, se ci sono i fiori. Il vino per essere buono deve avere l'ombra di un albero e non deve mai costare meno di sessantamila lire.

– Perdonatelo – disse la moglie, – ha teorie tutte sue.

– Cosa sarebbe l'ombra di un albero? – chiese mamma.

– Sarebbe l'ombra di un albero – rispose Clemente. E indicò la silhouette di una quercia tratteggiata sull'etichetta delle sue bottiglie.

– È vero – disse papà, – quando l'etichetta è troppo bella, il vino non è buono.

– Se una cosa vale, Stefano, non ha bisogno della gonna – continuò Clemente. – La gonna e i fiori servono solo si nun vali un cazzo.

– Cosa sarebbe la gonna? – chiese ancora mamma.

– La gonna è la gonna, amore! – rispose papà nervoso al posto di Clemente.

– Cianfrusaglie! Intendo cianfrusaglie – disse Clemente.

Mamma e Clemente si guardarono.

– Ilaria?

– Iaia – lo corresse mamma.

– Iaia, scusa: te dipingi, vero?

– Sì...

– E che cosa dipingi?

– Gonne, fiori e cianfrusaglie...

– Quello è suo – Pigi indicò un volto immerso nel fuoco che occupava quasi l'intera parete dell'anticamera.

Clemente si alzò e raggiunse l'enorme quadro che adesso lo sovrastava. Lo guardò tutto. E a lungo. Prima i dettagli sgranati e le montagnole di vernice, poi l'insieme facendo un passo indietro.

– Iaia, è meraviglioso. Sai cosa sembra?

– L'ombra di un albero? – scherzò mamma.

– Sembra la mia vita – disse Clemente Pech. E, nell'ombra ossidata del ricordo, posso giurare sotto questo cerchio rosso che avesse gli occhi umidi.

La porta che dà sul giardino sbatte ancora. Raggiungo il salone immerso in un crepuscolo argentato. Fuori qualcosa cade, o si rialza. Esco. La luna è piena e riverbera in piscina, sciami di falene le volano intorno.

– Ti ho visto! – grido al nulla.

Nessuno risponde. Guardo le palme, quel tanto che basta, e torno a letto. Il cerchio mi appare più fine adesso, il chiarore esterno ha scosso le pupille che faticano a riadattarsi.

Papà, Pigi e Clemente erano sdraiati in terrazzo su lettini da mare, o così mi appaiono, mentre Guenda, Stella e io dormivamo ciascuno sul ventre del proprio padre. Si passavano uno spinello portato da Clemente. Papà diede un tiro e cominciò a tossire: Poldo si svegliò.

Restai con gli occhi serrati sul petto fresco di papà che profumava di Eau Sauvage.

– Oh dio santo, è fortissima.

– Quanto sei invecchiato male, Stefano – scherzò Pigi sbadigliando.

– Questa è roba vera – disse Clemente, – non è la merda col sughero che ti vendono in strada.

– Dormono – disse mio padre cambiando discorso e accarezzandomi la testa, – forse è ora.

– Sì. Penso sia ora – confermò Pigi sbadigliando un'altra volta.

– Pigi sta per pigiama? – chiese Clemente.

Sorrisero.

– Dovrebbe! – disse papà.

– Dovrebbe il cazzo! – ribatteva Pigi sbadigliando ancora. – Dormo cinque ore a notte per mandare avanti questa baracca.

– Dottor Pigiama Marraffa! – tuonò Clemente con un filo di voce. – È vero che questa baracca vola?

– In che senso? – chiese Pierluigi.

– Il Club delle Case Volanti – aggiunse Clemente.

– Credo sia tardi – papà si alzò prendendomi in braccio.

– Fermati, Stefano! – disse Pigi.

Papà obbedì, sedendosi ancora. E fu la prima volta che lo vidi obbedire a qualcuno che non fosse mamma.

– Queste grosse feste che organizzi, a cosa servono?

– Sono amici, Clemente. Nient'altro.

– Io e te – disse Clemente – apparteniamo a mondi troppo diversi per non essere amici. L'alternativa è ammazzarsi – sorrise.

Arrivarono le mogli.

– Di che parlate? – chiese mamma.

– Di vino – disse Clemente Pech.

E Poldo si addormentò.

OTTO

Mi alzo. Vago per casa, esco in giardino. Acqua. Piscina. Tuffo. Nuoto poco. Mi asciugo, rientro in casa. Gocce in testa. Caffè e latte. Capsula Arpeggio. Prima il caffè, poi il latte a filo. È cremoso. Giusto. Entro nel bagno turco che usiamo come cantina. Prendo lo champagne. Lo metto in freezer. Adesso musica. Cerco le casse. Casse trovate. Connetto il Bluetooth. REM, Dylan, Beatles, Rolling Stones, Springsteen, Clash, Smiths. Raccolte di tendenza, indie pop italiano e trap: Baustelle, Cani, Paradiso, Calcutta, Coez, Gazzelle, Brave, Tedua, Sfera, Lauro, Dpg, 126 e Ghali. La musica scorre. Ballo un po'. Immagino scene di me vittorioso. Ballo un altro po'. La musica scorre: le volte in cui non mi sentivo adatto e le figure di merda che ho fatto... Ti sembro cambiato? Mi guardo allo specchio. Sono cambiato? Sicuramente sì! Ma non me lo ricordo. Ballo! Un altro caffè col latte. Mr simpatia: gonfio così. Rido e sborro con Fibra. Parole cercano parole. Parole che si trovano. De André! Ora De André. A diciotto anni. Ricordo. Volevo i suoi capelli. Volevo i suoi vestiti. Nell'armadio di papà cercavo camicie anni ottanta. Rino Gaetano: la zappa, il tridente... Canto il ritornello, non salto neanche un arnese: missione compiuta. Poi Dalla, Guccini, De Gregori, Zero: spiagge! Di corpi abbandonati. Spiagge... Sì! Altro caffè. Palpitazioni! Sticazzi, c'è il sole. Centocinquanta piegamenti. Squat. Pesi. Lombari. Shaker: latte di riso e proteine. Merda. Doccia. Valium. Respiro. Respiro. Respiro profondo. Salgo al terzo piano. Mi stiro sul tappeto. Guardo la libreria. Prendo un libro azzurro di Harold Pinter. Rileggo *Il calapranzi*. Pensiero: "Lo champagne sarà esploso?" Scendo in cucina. No. Stappo, bevo. Mangio salmone e uova. Caffè. Pornhub. Una suora lega un prete e lo spompina minacciandolo di evirazione se viene. Rido. Mi sale il cazzo. Non mi masturbo. Scrivo. Scrivo. Scrivo tutto il pomeriggio. Guardo Sky. Muoio su internet. Scrivo. Mangio croccanti all'amarena. È sera. Mi chiama Stella. Non rispondo. Mi richiama. Spengo il telefono. Esco. Range Rover. Impronte gatto. Tutto ancora. Tutto è bene. Roscioli. Controllo se c'è qualcuno che conosco. Via libera. Entro. Champagne. Alici del Cantabrico. Burro alla vaniglia. Patanegra. Burrata. Mezza carbonara. Baccalà. Pago. Cammino. Cinema Farnese. Guardo un film. Torno a casa. Scrivo. Video suora. Rido. Non mi masturbo. Tv. Aria fredda. Cerchio rosso. E buonanotte. Mi alzo. Vago per casa, esco in giardino... È così per cinque giorni.

NOVE

Il telefono non mi riconosce. Non ricordo il codice, in testa ho quello del bancomat. Lo digito ugualmente sapendo che è sbagliato. Il lucchetto rimane chiuso oscillando a destra e sinistra mentre una piccola vibrazione mi strofina la mano. La notifica è sempre lì, impenetrabile, e dato che non posso leggerla, voglio leggerla.

Ricordo il codice. Leggo: "Dove cazzo sei finito? È importante. Venti minuti. Scendi."

La Car To Go puzza di umido. Chiedo a Ciccio dov'è la Z4.
– Adesso che mi hanno eletto – dice – in questa prima fase è meglio restare low profile. – E sente che lo sto per prendere in giro quindi conclude: – Soprattutto se vai in certi posti...
– Dove mi stai portando?
– Se te lo dico non vieni.
Apro lo sportello della macchina in corsa. Tapia è costretto a fermarsi. Davanti a noi c'è un bar.
Il suo cappuccino è più cremoso. Gli chiedo di barattarlo col mio, altrimenti non vengo. Tapia mi dà il suo cappuccino e intanto che scelgo lo zucchero penso a dove mi sta portando. Vaglio ipotesi: puttane? Animali esotici? Fuochi d'artificio illegali? Cazzi enormi sopra i muri? Io e Ciccio compagni di un'avventura che di

low profile ha nulla. Dalla tv incassata tra le sambuche esce una hit estiva. Orribile. Giro il cappuccino a tempo di musica orribile.

Imbocchiamo il raccordo verso le campagne e dopo un po' la città scompare. Soltanto praterie e case abusive, e poi un grosso traliccio che riconosco subito. La vecchia insegna a forma di freccia è ancora appesa. Punta verso quello che un tempo era un bosco di pioppi.

– Dove siamo!? – grido senza dosare la voce.

– Ehi! Calmo. Perché?

– Niente... Voglio solo sapere dove siamo.

– Non lo so.

– Come, non lo sai?

– So venirci ma non so dov'è...

Tapia si accende una sigaretta dalla parte sbagliata e ingrana una marcia troppo bassa che manda il motore su di giri. Sbatto la testa sul cruscotto.

– Dio coccodrillo!

– Scusa, Poldino.

– Ti stai fumando il filtro.

– Eh?... Oh cazzo! – e butta la cicca fuori dal finestrino bestemmiando qualcosa.

Mi volto verso il traliccio, oramai piccolo in lontananza, e lo fisso finché non si perde. Il vecchio Svastica, penso, chissà che fine ha fatto? Chissà se ancora è vivo e se ancora cucina, se come all'epoca miete il grano nell'aria secca e tersa e poi guarda il cielo in direzione dell'America. Chissà se leggendo il mio libro si troverà tradito o giudicato, chissà se quella macchia a forma di svastica che si porta in fronte dalla nascita è ancora liscia e vulcanizzata, e i suoi occhi sono ancora azzurri come il cielo chiaro? E le sue mani possono ancora sbriciolare noci come burro caldo? I suoi nervi sanno ancora gestire il morso delle api?

Quanto Guenda e io dobbiamo a quell'uomo, e a quei pranzi e ai suoi racconti è difficile stimare. I giovani brillano e cadono come stelle in corsa, ma certe gesta rimangono. E nell'esempio che pare irraggiungibile, arde la rincorsa che non invecchia mai.

– A cosa stai pensando? – chiede Ciccio.

Guardo Tapia, e non mi sembra Tapia.

– Sei il mio migliore amico anche perché non fai mai queste domande.

Entriamo in un parcheggio. Dallo specchietto vedo la sbarra chiudersi e ho la sensazione che scenda al rallentatore.

Vaghiamo a piedi nel parcheggio sconfinato. Tapia chiede a un vecchietto dov'è l'entrata. L'uomo, capelli bianchissimi, occhiali da vista in corno color tartaruga e odore di dopobarba sulle guance lisce, ce lo spiega. Tra le braccia tiene la sua cartella clinica, leggo il nome: Marcello, e la data di nascita. È due anni più grande di mio padre eppure potrebbe essere mio nonno. L'uomo pondera le parole con precisione. Sceglie i termini. Attende. Ripercorre nella mente il percorso esatto che dal parcheggio porta all'ospedale. Lo fa con il dovere di onorare una domanda qualunque, che poteva essere fatta a tutti ma che oggi è stata rivolta a lui. La responsabilità anche nelle piccole cose, questa è dignità popolare ed è presente in quest'uomo, in ogni centimetro di pelle e in ogni poro di stoffa.

E se da una parte questa responsabilità nel corso degli anni ha contribuito a invecchiarlo, dall'altra lo ha salvato e continua a salvarlo in un mondo di epoche sul filo. Beato lui.

L'uomo smette di parlare e io voglio abbracciarlo, ma non mi azzardo.

Cammino appresso a Tapia:

– Come cazzo ti è venuto in mente di portarmi in un ospedale?

– Scusa...

– No! – mi fermo.

Tapia mi afferra il braccio: – Ti prego...

Prendiamo un ascensore che si apre a ogni piano. Usciamo al nono, l'ultimo. C'è tanta luce, quassù, sembra di stare in paradiso. Voglio scappare, voglio bere vino bianco, voglio farmi un bagno al mare, voglio ascoltare musica mentre faccio un bagno al mare, voglio lanciarmi col paracadute, voglio lanciarmi senza paracadute, voglio fare a botte, voglio abbracciare Guenda fino a farle male, voglio scappare. Tapia incontra un'infermiera. Lei lo riconosce e sorride:

– Bentornato.

Mentre ci fa strada lungo il corridoio dice che oggi sta un po' meglio, e che stamattina ha fatto colazione.

– Il problema – continua – è quando si addormenta presto, perché si sveglia in mezzo alla notte e può essere nervoso...

L'infermiera si ferma, apre una porta, e stando molto attenta a non superare l'uscio ci invita a entrare. Poi chiude rimanendo fuori, e anche stavolta ho la sensazione che il gesto sia rallentato.

La stanza è vuota. La porta finestra che dà sul balcone è aperta. Intravedo una sedia a dondolo con un ragazzo seduto di spalle che guarda le palme. Il balcone è recintato e sembra un'uccelliera.

Giro intorno al ragazzo come se girassi intorno a un corpo sfigurato di cui sto per vedere la faccia:

– Aldo! – esplodo. – Che ci fai qua?

– Bello Poldino, come stai? Sei guarito?

– Aldo – ripeto senza ascoltarlo, – ma che ti è successo?

Gli occhi di Aldo, fermi, come in un pranzo di tanti anni fa.

– Niente, cazzate, Poldino... – col dorso dell'indice si spolvera il naso e poi aggiunge: – Stai a fa' palestra, eh?

Guardo Tapia, in bilico sopra il binario della zanzariera.

Ma non andò così. Perché queste sono parole, e a quel tempo non le possedevo ancora. Sapevo soltanto che ero Poldo e sapevo che ero il canguro scomparso. Tutto il resto era troppo per un bambino di sei anni. C'era tanto da dire, e non c'era maniera di dirlo. E allora accadde per la prima volta... La rabbia e la tristezza. Il buio, l'umiliazione, la vergogna e l'impotenza. Iniziarono a convergere verso lo stomaco. E potevo sentire il sangue. La mia faccia bollente. Qualcosa mi camminava in testa. Tutte le formiche della scuola si erano date appuntamento in me. Ogni piccolo pezzetto del mio corpo provava sensazioni autonome, e io ero in ogni pezzetto.

Non ero più uno, ero milioni. Poldo Biancheri era ovunque. A una velocità, signori miei... A una velocità che il pensiero può soltanto ammirare. Perché il corpo non ha mai colpa, e quando si impone lo fa come il mare. E dopo che le tessere si fecero piccole come granelli di sabbia, io non potei più occuparle tutte. Così uscii da me stesso. E c'ero io, mi guardavo con gli occhi di qualcun altro, e non facevo pena. Ero più basso di quanto credessi, ma anche più forte e coraggioso. E continuai fino a vedere Teo che faceva il cammello, e Guendalina il cerbiatto, e Silvietta era il pinguino mentre Chiara il cavallo. E poi mi allontanai ancora, fino a inglobare il pubblico. Sorvolavo quelle teste rivolte verso il palco. Guardavano tutti la stessa cosa. E la costanza mi suscitò disprezzo. Cercavano tutti il loro bambino. E l'egoismo mi suscitò tenerezza. E indietreggiando ancora li vidi come dal cielo dentro il mio cielo, che galleggiavano verso la parte sbagliata.

– Si è lanciato dal terrazzo dopo essersi bevuto una boccia di sciroppo alla codeina – mi racconta Ciccio mentre prende una curva a centotrenta scordandosi che l'assetto di questa merda a noleggio è diverso dalle macchine che guida di solito. Sento il culo che mi si apre e una vertigine su per lo stomaco. – La fortuna – continua, – la fortuna è stata la codeina che gli ha rilassato i muscoli, e quando è caduto sulla Mini di Stella non si è irrigidito, non ha opposto resistenza. Si è salvato perché non ha provato a salvarsi, capisci?

– La Mini di Stella?

– Sì... Aldo stava a casa di Stella.

– Perché?

– Non ti ha mai detto nulla, Stella?

– Cosa?

– E Aldo invece?

– Aldo? – mormoro.

– Sì – ribatte Ciccio, – Aldo non ti ha mai detto quanto gli piaceva?

– Non lo so... Perché avrebbe dovuto? Sono anni che non lo vedo.

– Le ha scritto una lettera e voleva che tu gliela correggessi. Mi ha detto che te l'ha lasciata nella cassetta della posta...

– Perché io?

– Perché tu sei uno scrittore.

E mentre lo dice mi rendo conto che prima d'ora nessuno me l'aveva mai detto. Stacca gli occhi dalla strada e mi fissa per un eterno che dura cinque secondi. Qualcosa, come una sentenza fredda, si prende un po' del mio fiato e se lo tiene per sempre. Sono uno scrittore. Che bello. Che tristezza.

– Queste macchine possono entrare in centro? – domando.

– Sì.

– E allora andiamo da Stella.

Tapia annuisce, forse non aspettava altro. Risaliamo l'Aurelia deformata dalle radici. I dossi ci fanno sobbalzare, mi viene mal di schiena e il dolore è simile a quando stavo male. Sudo, prendo un Valium per calmarmi, guardo fuori dal finestrino case in mattoncini dello stesso colore di quella lettera. La lettera rosa l'ho buttata, è polvere adesso. Polvere che rosola nei campi di erba secca ai confini di Roma.

DIECI

Scendo dalla macchina ancora in corsa. La Mini di Stella è recintata con del nastro a strisce gialle e nere. Salgo per le scale fino al terzo piano, arriva l'affanno, prendo l'ascensore. La porta è aperta. Cammino per casa, era un po' che non venivo e nonostante tutto rimane la casa più bella che io abbia mai visto. Nessuno mi accoglie, i camerieri mi passano accanto senza dirmi nulla mentre supero l'ingresso in travertino e penetro nel salotto minimalista di Ward Bennett dove le sedie troneggiano sgargianti come quelle di un fantasma. Al centro una scultura di Giacometti degli anni cinquanta sembra chiedere da mangiare. È un uomo magro con il ventre gonfio, le tette e la faccia da alieno, le gambe sono chele di mantide, il resto è cornice e pena. Quattro vetrate monumentali annaffiano il salone. Sul grosso muro centrale che separa la coppia di finestre è stato spostato il quadro di mamma. Il volto dell'uomo è sempre lì, dolorante in mezzo al fuoco. Passo il dito sopra la firma: IaiaSpirito 1987. Un orologio ticchetta forte accanto al *Concetto Spaziale* di Lucio Fontana che per me è un sipario e per Guenda la schiena di un astice. Palme da interno dentro vasi tebani, una vasca in marmo, un ghepardo di vetro, una sfera armillare. Cappelliere di rose stabilizzate in glicerina sono appoggiate ovunque e vanno di pari passo col cangiare delle pareti, dal bianco acceso al pesca chiaro, dal rosso pieno al giallo assoluto. La madre di Stella scivola per l'anticamera gridando:

– Oggi muoio.

La raggiungo in cucina:

– ... Ciao Susanna, come stai? – Susanna si volta, dolorante. I piedi massacrati dentro un paio di tacchi Aquazzura.

Il setto nasale finissimo, le guance stirate fresche di chirurgia e la bocca semiaperta. La pelle incremata, fatica a parlare: – Poldo! *Ciaao.* – Mi bacia senza toccarmi il viso. Sento l'odore delle cellule staminali. – Stella sta in *teaazzo*! Ti veedo bene – dice stringendomi il braccio.

– Sì, tutto bene grazie.

Il telefono le squilla, dà un'occhiata, poi torna su di me: – Vuoi *calcosa*?

– No grazie. Vado da S...

– Ciao Bimba! – risponde euforica. – Tu non puoi neanche *immaginaae*... – e sparisce imboccando il vano di una porta nascosta accanto al frigo.

Torno in salone, in quel momento arriva Tapia:

– Cristo pagliaccio, che casa.

– È la prima volta?

– Sì.

– Vieni.

Salgo le scale con Tapia che mi segue mormorando vocali. Dice "nooo" a ogni cosa che vede come se nulla esistesse, come se quel caleidoscopio di piante, maioliche e statue fosse un film. La brezza antimeridiana soffia fresca dal mare muovendo le ombre che vanno scomparendo. Tutto è cristallino.

Stella è in piedi, parla al telefono con la sigaretta in bocca. Sputa veloce il fumo per riprendere la conversazione:

– No! Non c'entra nulla... Questo è bipolare. Ti pare che ti lanci di sotto perché ti respingo?! Ma dai! Ho anche parlato con papà: praticamente questi hanno un problema chimico nel cervello, capito? Cioè gli si blocca la... il ragionamento. E non capiscono più nulla... Possono anche ammazzarti... infatti mi è andata bene...

Stella si accorge di noi e sgrana gli occhi:

– Guenda! Ci sono Poldo e Tapia... Ti va di venire? Pranziamo assieme?... Pesce?

– Volentieri – strilla Ciccio.

– Che cazzo urli?

– Sorry.

– San Lorenzo? Assunta Madre?

– Cristo pagliaccio, sono al chiuso!

– Cristo che? Agli stabilimenti io non ci metto piede, – e ricomincia a parlare con Guenda. – Cosa? La Vecchia Pineta? Guenda dice La Vecchia Pineta no.

– Ezio?

– Non ha posti fuori!

– Il Timo?

– Anche.

– Pascucci! L'estate monta gli ombrelloni.

Stella ripete a Guenda: – Tapia dice Pascucci, – poi la mette in vivavoce.

– È troppo tardi per Fiumicino...

– Le strade sono vuote, Cristo pagliaccio... Ci mettiamo dieci minuti.

– Queste stronzate dille in parlamento – scherza, poi aggiunge: – Cristo che?

– Chinappi? – chiede Ciccio.

– No!

– Perché?

– Puzza la strada! – spiega Guenda.

– Ottavio?
– Pieno di cinesi...
– Temi?
– È brutto!
– L'Acquolina?
– Ma sei frocio?
– O altrimenti Il Bolognese, fanno i gamberi col curry...
– Pierluigi? – e sono io a dirlo. È la prima cosa che dico. Segue il silenzio.

– Pierluigi?! – ripete Guenda. – Ma è perfetto!
– Daje! – urla forte Tapia, e guarda giù dall'attico bestemmiando la madonna.
Stella riattacca.
– Ti rendi conto? – mi fa come se fossi una prolunga dell'orecchio di Guenda. – È bipolare. Schizofrenico. Aveva interrotto una cura a base di Zyprexa... Poldo, sei uno stronzo! Sono giorni che ti cerco.

Il tavolo è tondo e molto più grande di quanto serve. Pollici su pollici di tovaglia bianca tra ciascuno di noi, al centro un piatto di ghiaccio pieno di ostriche e una bottiglia magnum di champagne. Il palazzo davanti è in restauro, un grosso telo calato dall'alto mostra come sarà. Abbiamo già finito le tartare e due catalane di gamberi, finora hanno parlato solo di me. Dove sono stato? Cosa ho fatto? Perché sono sparito? Io mangio e non rispondo, fin quando: – Se ti avessi ascoltato Aldo sarebbe morto.
Guardo Stella senza capire.
– Che c'entro io? – replico.
– La Mini... Ti ricordi?
– No.
– Quando mi hai accompagnata a prenderla...
– Ah sì...

Stella ride.
– Mi fate capire anche a me? – chiede Guenda.
– Lui – fa Stella indicandomi, – lui diceva che farsi una Mini cabrio è una stronzata. Voleva che mi facessi il Coupé.
– Mbè – intervengo, – è più veloce, più spaziosa, più fresca, più... Comunque non me ne frega più un cazzo delle macchine.
– Io le adoro – riflette Ciccio.
– A me piace vederle da fuori, le comprerei solo per parcheggiarle. – Stella rosicchia avanzi di smalto.
– Sapete io cosa adoro? – Ci giriamo verso Guenda. – La velocità senza la coscienza. Una volta ho guidato la Lambo di papà e non è bello... Voglio dire: quando guidi te è diverso, perché sai tutto. Se perdi il controllo hai paura. Se non lo perdi ti annoi. Quando guidi te c'è soltanto la noia o la paura. Mentre se guida qualcun altro non sai mai se ti trovi più vicino alla vita o alla morte... Non sai nulla, e allora... provi tutto. Per questo mi drogo! – aggiunge ridendo.

Con l'unghia del pollice incido sulla tovaglia P+G. Vedo le nostre lettere scomparire sotto la pressione del cotone che lentamente si ridistende. Verso un bicchiere di champagne e lo bevo d'un fiato. Mi sento leggero come se avessi l'elio nel cervello. Guardo il cielo pensando al mio cervello che sbatte contro il soffitto del cranio. E se con questi attrezzi per aprire carapaci mi aprissi la testa, il mio cervello volerebbe in alto mosso dal vento come le lanterne a Capodanno. Anzi, meglio delle lanterne. Volerebbe dritto per dritto senza che il vento lo intacchi, oltre la mesosfera, in quella parte di buio dove non c'è né un sopra né un sotto. Avanzerebbe imperituro come il piombo che affonda. Volerebbe come il piombo che affonda.

UNDICI

Parcheggio la Range con il portabagagli rivolto all'entrata di Volpetti. Dodo fa lo stesso con il Cayenne. Sulla mia carta N26 Metal abbiamo caricato tutti i soldi per la cambusa. Mille euro a testa per quattro persone.

Scatolette di tonno Consorcio, bottarga, pomodori secchi, capperi, alici del Cantabrico, salmone selvatico, passate, insaccati, formaggi e pasta Voiello. Totale novecentocinquanta euro. Il resto in alcol. Attraversiamo la città distorta dal calore, fino a piazza Cavour. Da Costantini prendiamo tre casse di Dom Pérignon da sei. Un paio di Oban più grandi di noi, parecchio Vermentino e del Ronco delle Mele. Rimangono ottanta euro. Andiamo da Gargani e li spendiamo tutti in salame al cioccolato e mentre carico quattro chili di salame dolce in macchina realizzo che manca l'acqua.

In autostrada supero i duecento all'ora. La fettuccia di asfalto che dal raccordo porta a Fiumicino è così bella e levigata, con i lampioni ai lati della carreggiata che pendono verso il centro come gocce di lampadari e le bandiere che friggono tese a ricordarti che c'è il mare. Se mi schiantassi qui, non sarebbe terribile. La mia faccia contro il vetro, tonno e bottarga in mezzo alla strada sotto lo schiocco antico di un drappo italiano. Ispirato dalla visione metto Guccini: *In morte di S.F.*

"Forte il motore cantava... Non lo sapevi che c'era la morte... Quando si è giovani è strano..."

Tutti i ricchi che conosco adorano Guccini. Dodo mi supera a destra, l'aria fa tremare i vetri. Cerco di riprenderlo ma lui è più bravo. Silenti accostiamo il memoriale di Linate. Attraverso il cruscotto vedo Dodo che fa qualcosa con le mani. Forse un segno della croce. Superiamo il palmizio entrando nella Darsena, fino ai cantieri navali. Nuovo record: Parioli-Fiumicino in ventidue minuti.

Dodo fa i bicipiti con una cassa di champagne. Poi si appende al boma e mi chiede di contare le trazioni. Ne conto quarantadue. Ci provo io: trentaquattro. Sudati e con i muscoli gonfi ci sdraiamo a prendere il sole. La forma delle sue ganasce è uguale a quella di Guenda. Larghe ai lati e strette verso il fondo, come profili di statua etrusca. In Guenda i lineamenti e il taglio delle ossa sono molto più morbidi. In Dodo tutto è amplificato. Ed è per questo che alcune cose di lei puoi vederle solo guardando lui. Se fossi una donna, Dodo mi piacerebbe. Se fossi frocio, no.

Pranziamo tardi al ristorante del molo. Chiedo un telecomando per vedere Tapia in collegamento al tg delle tre. Ha un abito blu e una camicia bianca perfettamente stirata dalla quale pende una Marinella tra il rosa e il grigio. All'altezza del cuore ha una spilla del suo circolo di canottaggio. I capelli laccati mossi verso destra. Sta parlando di immigrazione.

"È una dinamica" sostiene "con la quale faremo i conti per i prossimi secoli. Non si tratta di combatterla ma di prenderne coscienza. E dobbiamo prenderne coscienza tutti. Negli ultimi anni siamo diventati la pattumiera d'Europa. La burocrazia morale tipica di una certa sinistra che ha governato questo Paese ha creato una dicotomia tra quello che pensiamo e quello che si può dire. Per troppo tempo la verità del popolo, il sentimento e il disagio del popolo sono stati presi in giro da politici attaccati alla poltrona che si riempivano la bocca soltanto di belle parole e messaggi progressisti. Ma qui non siamo alla notte degli Oscar. La filosofia teoretica non la si fa sulle spalle degli italiani. Questa non è una gara a chi trova il messaggio più bello, a chi si presenta con l'attivista più buono. Qui si tratta di onorare giorno per giorno la democrazia e il principio della rappresentanza sulla quale essa si fonda. Gli italiani ci hanno votato perché siamo i primi che hanno detto basta. I primi che hanno detto: Noi andremo nei palazzi del potere a dire quello che voi pensate. E io qui, oggi, non ho timore né tantomeno vergogna di affermare che davanti a quest'esodo di carne umana bisognerà avere il coraggio di essere intransigenti. L'intransigenza italiana farà aprire gli occhi a tutti, anche a certi Paesi del Nordeuropa dove il giorno dura tanto ma dove vi assicuro, prima o poi che il buio arriverà. Grazie."

Dodo accanto a me sta sventrando una granseola, le spacca le chele con un morso e ne succhia il contenuto. Ha la bocca e le mani unte, ogni tanto guarda Tapia che parla in televisione e grugnisce una risata. Per il resto è come se non esistesse. È diventato una granseola.

Guardo la spilla che Tapia porta al cuore. Quand'ero piccolo, il sabato, mi passava a prendere con l'autista e andavamo al suo circolo a giocare a pallone. Bevendo Powerade blu, mangiando gelati. Capitava, nel caldo di maggio, che il vento soffiasse improvviso e allora mi fermavo con gli occhi tesi sul tramezzo di bambù che separava il campo dal fiume, fissando le chiome sottostanti e vive. In quegli attimi di aria fresca inalavo dio. E tutta la promessa che la vita si porta dentro. Finché un giorno, a diciotto anni, i genitori di Ciccio morirono, come in guerra, tra Bologna e Ferrara. L'autocisterna che li tamponò esplose polverizzando tutto: gelati, primavere, promesse, Powerade blu. E soprattutto dio. Guidava un albanese.

– Vuoi la mia granseola? – domando.
– Mangiala! È buonissima.
– Non mi va più di sporcarmi le mani, Dodo... Sono stanco di sporcarmi le mani – dico mentre strizzo un limone.

Tornando verso le macchine incrociamo un africano che vende braccialetti, ciambelle e Super Santos. La palla viene sei euro, gliene do cinque e sorride. Ci sono campi da tennis incustoditi al porto dove Stella tiene la barca. Il cancello è bloccato da una catena, ma c'è un buco sotto la recinzione e con un po' di fatica si può entrare strisciando. La camicia Armani che indosso si strappa, Dodo bestemmia una risata. Ci prova lui, ma è troppo grosso e non passa, rimane catturato. Poi torna indietro, si china sulle gambe, afferra la rete e con tutta la forza delle sue fibre bianche allarga il buco. Le staffe cedono. Dodo casca all'indietro portandosi appresso mezza recinzione.
– Fanculo – dice soffiandosi i polpastrelli, mentre incede nel campo a schiena dritta.

Tutte le fettucce attaccate a un palo sono saltate. Ora la si può aprire avanti e indietro come una porta. La nostra porta. Giochiamo a calcio tennis. Dodo non ha né il carattere né il fisico. È troppo grosso. Muove i muscoli uno alla volta in maniera scomposta e quando ci sono in ballo punti importanti sbaglia sempre. A me, invece, oggi riesce tutto, colpi di esterno al volo, volée di cazzo, pallonetti con la spalla e perfino una palla corta in controbalzo con effetto a rientrare. Il Super Santos carico di spin tocca prima il campo di Dodo e poi vola all'indietro morendo nel mio. Tapia ne avrebbe parlato per settimane. Il bambino che è in Tapia un colpo simile se lo sarebbe ricordato per tutta la vita. Invece in Dodo non c'è alcun bambino, ma soltanto la placida intuizione dell'essere adulti. Quel retaggio di compostezza e civiltà necessario ai ricchi per conservare la ricchezza dopo averla conquistata con ferocia e noncuranza. Il custode comincia a bastonare il cancello.

– Chi vi ha dato il permesso? – grida. – Non avete visto il lucchetto?!

Poi si accorge dello squarcio. Viene verso di me.

– Sono stanco di quelli come voi – mi spinge. – Le vostre madri non vi hanno insegnato nulla?

– Volevamo soltanto giocare. Le chiedo scusa – dico alzando le mani.

– Hai rotto la rete! Bastardo.

Sbilancia il peso per caricare uno schiaffo, mi abbasso, va a vuoto, l'inerzia lo fa cascare in avanti. Finisce gattoni a terra. Ora gli sono alle spalle e posso fare ciò che voglio. Ho il pugno serrato, carico di vene, pronto a partire. Sento il bisogno di squassargli il cervelletto. Voglio eliminarlo. Ora a questo fango di guardiano, pieno di rancore e rabbia infame, io mannaggia a dio gli spacco la testa. Lo friggo come un insetto. Poi vado da Pamela, la sventro con un coltello da spigola e la tiro giù dal balcone, e a Silvietta che faceva il pinguino le aggiusto la faccia col mattarello, a Chiara il cavallo la prendo a schiaffi finché non muore e l'albero Mariuccio lo sego in quattro. Poi vado da Guenda, il cerbiatto, e gliela lecco, e facciamo l'amore. Guenda... Oh, Guenda. Rilasso la mano. La rabbia sparisce.

– Dai. Non ne vale la pena – appoggio un buffetto paterno sul collo dell'uomo che si rialza scrostando i pantaloni, mi accenna un sorriso. Ma poi:

– Sono stanco di quelli come voi!

Avanza minaccioso. L'odio di una vita spesa a mettere lucchetti. Ora è lui che vuole ammazzarmi. Ammazzare me e tutti quelli che strisciano nei buchi. Dodo lo afferra al volo cingendolo attorno alle braccia come un bambino. L'uomo scalcia impotente. Continua a prendersela solo con me. Dodo lo tiene in braccio per venti secondi finché l'uomo si placa e promette di andarsene. Poi lo rilascia, l'uomo attraversa il varco fatto da noi e scompare in mezzo alla siepe.

– Ehi! – strillo percependo i passi che si fermano. – Potresti chiuderci la porta?

Rido pregustando l'inferno. L'uomo ritorna con un bastone: – Vi ammazzo tutti e due.

Scappo e rido intorno al net. L'uomo ogni tanto inverte il giro tentando un effetto sorpresa che non sorprende. Gli cade la coppola. Dodo la prende e me la lancia. Io la ripasso a Dodo. Comincia un torello. L'uomo ha posato il bastone, non sembra più arrabbiato e vuole soltanto coprirsi la testa calva.

– Ridatemelo – supplica.

Dodo lo indossa: – Ehi, picciotto, succhiami la minchia. – L'uomo si accuccia a terra, è sul punto di piangere.

– Cosa piangi, minchione? Non vuoi più ammazzarci? Che c'è? Hai fame? Vuoi un arancino? – Dodo continua a parlare siciliano. – Perché piangi, fetuso? Vuoi il ponte sullo stretto? Ti manca il mare? I limoni, le arance? O forse ti manca la minchia?

– Ridatemi il cappello...

– Dodo, ridaglielo.

– Dici che se lo merita? Io non credo, sai.

Rido sperando che lo scherzo finisca. Ma lo scherzo non può finire. È perduto, ormai, nella nebbia giovane dove rabbia e divertimento sono la stessa cosa.

– Dodo, torniamo a Roma.

– Aspetta, picciotto, qui c'è una questione da risolvere. Ora il nostro amico che voleva ammazzarci vuole indietro la sua coppola. Ma come posso io trattare con uno che ha giurato di ammazzarmi? Mi serve una garanzia d'amore... E cosa, dico io, cosa meglio di una bella succhiata di minchia?!

Dodo si slaccia i pantaloni, rimane in mutande strofinandosi l'uccello a poche spanne dall'uomo. Penso al cerchio rosso sotto il quale dormo, mentre Edoardo avanza lentamente.

– Succhiami la minchia, bottana.

– Dodo, smettila!

L'uomo comincia a pisciarsi sotto. Piange.

– Ho il cancro. Non ho i capelli perché ho il cancro – dice.

– Bottana cancerogena! Non me ne fotte nulla. Tu ora mi succhi la minchia.

– Dodo!!! – urlo fino a spezzare la voce e con tutta la forza mi lancio contro il fratello di Guenda. Un quintale di muscoli che vola a terra come paglia al vento.

Dodo mi afferra per la camicia e si rigira. Ora è lui a starmi sopra.

– Qual è il problema? – e con entrambe le mani mi stringe il collo.

Sono viola, non riesco più a prendere aria e nemmeno a tirarla fuori. Se spinge un altro po' muoio, se mi lascia vivo. Se continua non lo so. Non sono né vivo né morto. Sono qualcosa lì in mezzo. E la sensazione è giusta, mi raffigura. Io questo sono: una morte in corsa, una vita in stallo. Con la coda dell'occhio vedo l'uomo che afferra il suo cappello e va via. Quando è quasi uscito si ferma e dice:

– Spero soltanto che esista l'aldilà.

Dodo mi lascia. Chiede scusa mentre tossisco: – Non so che mi è preso, Poldino, perdonami. Devono essere gli steroidi. Quei cazzo di steroidi.

DODICI

È quasi sera, adesso, sono a un metro da terra, tra due palme, dentro un'amaca colorata, mentre gli ultimi Piper atterrano all'Urbe. Virano bassi sopra casa mia, li seguo un po' con la testa e un altro po' con gli occhi, poi spariscono sbranando i motori al di là degli alberi e i tetti e i campi da tennis.

Rispondo al telefono. È mamma. – Non chiami mai – dice.

– Leone come sta?

– Leone bene, è sempre arrabbiato. La schiena ti fa male? – Sento un fruscio e sono convinto che si sta asciugando i capelli con le mani.

– La schiena mi fa un po' male perché oggi ho faticato.

– Non devi andare in palestra – dice.

– Non sono andato in palestra. Ho caricato casse di champagne sulla barca di Stella.

– Quando partite?

– Domani.

– Stai attento, non fate cazzate. Non bevete. Mi raccomando, non bere quando guidi la barca. Andate piano.

– Com'è Cuba?

– Cuba? Cuba è faticosa. Si mangia male ed è piena di smog.

– Siete ancora a L'Avana, mamma?

– No.

– Cayo Coco?

– No.
– Siete già arrivati a Santiago?
– Stiamo a Miami, Poldo.
– A Miami?
– Che città meravigliosa. È un paradiso.
– E Cuba?
– Ma chi se ne frega di Cuba. Cuba va bene se sei giovane. Ma io è tutta la vita che lavoro e se parto voglio la pacchia. Ho fatto cambiare tutti i biglietti. Siamo al Betsy...
– Voglio stare anche io al Betsy, mamma... Che cos'è?
– A te piacerebbe tantissimo. È un piccolo hotel di lusso con poche stanze e una clientela stupenda.
Metto mamma in vivavoce e vado a cercare il Betsy.
– Lo sto vedendo.
– Vuoi venire? Ti prendo un biglietto. Leone sarebbe felicissimo.
– No, mamma. Cosa stai dicendo? Parto domani.
– Ma che te ne frega di andare in barca...
– Avete cenato?
– È pomeriggio, Poldo.
– Ah.
– Te?
– Io vado al ristorante con Tapia – mento.
– Amore. Ci sentiamo presto.
– Mamma! – la fermo prima che attacchi. – Mamma, dimmi una cosa. Però devi essere sincera.
– Certo.
– Hai i capelli bagnati, vero?
– Sì.

Gli eventi che cambiano la vita arrivano sempre quando te li aspetti. Questo posso dire, e non il contrario. Perché questo mi succede, e non il contrario. Quella parte di te che viene prima di te e che viaggia di fuoco in fuoco per anni interminabili. Quella parte che non ti appartiene e che scapperà un giorno, come scappa la sabbia, per tornare al grande vento.

Così, quando vidi il mezzo morto a terra, girai gli occhi verso il cielo buio e sorrisi. Sentivo che sarebbe successo qualcosa. Tapia invece no. Camminava ubriaco accanto a me con il corpo ciondolante. Tutt'uno con la discesa.

"Sei troppo rigido con i muscoli. Devi fare come faccio io." Il suo corpo simile a quei mostri di gomma squagliata che trovi nelle patatine.

La scuola era finita. Giugno strofinava l'estate.

"Ondeggia, Poldo! Devi ondeggiare come se al posto del sangue avessi il mare..."

Io pisciavo, Tapia vomitava. Stomaco e vescica scivolarono assieme per l'asfalto andando a sbattere contro la mano di un uomo. Mi avvicinai a quello che pensavo fosse un corpo quasi morto e che, senza alcuna sorpresa, si rivelò essere un corpo quasi morto.

"Ciccio, vieni un attimo..."

Rantolante fra due macchine c'era un uomo con una siringa nel braccio e la camicia bianca sbottonata. Il ventre sembrava l'unica cosa che gli era rimasta viva. Ondeggiava avanti e indietro come un'onda, dalle costole all'ombelico.

"Poldino" disse Ciccio indicando lo sconosciuto, "qui c'è del mare."

Risi.

Tutti e tre, in maniera diversa, vicinissimi alla morte.

I nostri Nokia unti e scarichi. Io e Tapia corremmo verso il Mac per chiamare un'ambulanza. Il fast-food era deserto. Soltanto noi e quattro netturbini che scesero le scale e pagarono in cassa. Al piano terra c'erano gli scivoli per bambini. Una palla di plastica colorata era uscita dal recinto dei giochi. La guardammo entrambi. Le scale del Mac segnavano il confine. Scendendole tutto sarebbe rimasto uguale. Sotto di noi, inservienti sovrappeso dalla pelle chiara svuotavano i vassoi. Il telefono squillava e qualcuno rispondeva prendendo ordinazioni.

Raccolsi la palla colorata, la feci scorrere tra le mani fino a scottarmi i polpastrelli, fino a che piccoli residui di pelle morta non restarono sulla plastica, poi la lasciai andare. E fu l'unica parte di me che scese quelle scale. Il resto corse fuori, ridente, con le spalle piccole di un dio che non lascia vivere.

Abbiamo. Fatto. Morire. Una. Persona. Scoprendo una cosa che a pochissimi è dato sapere: la Morte e la Vita sono diverse ma non opposte.

* *Tapia, tranquillo. Userò nomi fittizi.*

TREDICI

Ancora io. Stavolta a pancia sotto. Partiamo tra poche ore e sono sdraiato su un lettino da mare a strisce gialle e bianche circa a metà dei venti metri di piscina che colorano il giardino di Guenda.

– Una camicia! – dico. Lei ride. Io forse.

– Come può essere una camicia? – domanda.

– Rifammelo.

Guenda mi passa il dito caldo sulla schiena bagnata. Disegna qualcosa.

– A me sembra una camicia.

– Ma no! Senti bene.

Ancora il dito.

– Forse... – la fermo, – forse ho capito.

– Dai Poldo, è facile.

– È una camicia verde!

– Sei un coglione.

– Una camicia verde taglia media – ripeto serissimo.

– E tu sei un coglione giallo extralarge – sorride, poi aggiunge: – Comunque si vende verde.

Ruoto il collo senza capire.

– Si vende verde? – ripeto.

Guenda passa a contemplarsi la mano.

– O verde o bianco... – dice.

– Un cavolfiore?
– No.
– Un carro armato?
– No!
– Una rana!
– Una rana?
– Le rane sono verdi, bianche, gialle, blu... Chiudi gli occhi, scegli un colore e ti porterò una rana di quel colore.
– Poldo, le rane non si vendono.
– E allora è una camicia. Negra!
– Senti, negro, ora ti disegno una camicia.
Guenda mi ripassa il dito caldo sulla schiena bagnata. Disegna prima una manica, poi il collo, poi l'altra manica e alla fine ridiscende tracciando una riga che percorre tutta la mia cicatrice. Conosco la domanda che sta per arrivare. Passo la lingua sopra i denti assaporando il cloro secco. Preparo la risposta.
– Ti fa ancora male?
– No! – dico subito.
Guenda rimane in silenzio, scossa da quel tempismo.
– Questi – dice premendomi la pelle in più punti, – questi sono i bottoni. Li senti?
– Li sentivo anche prima – sospiro.
– No! Ora sono in fila! Prima erano sparsi.
– Ho capito! Era un doppiopetto!
– Era un albero di Natale, Poldo.
– Un...? – taccio.
– Un albero di Natale con le palle, Poldo.
– Ah.
Guenda mi spolvera la schiena cancellando la camicia, ripassa il dito sulla pelle. Sento la forma consegnarsi in carne dalla potenza all'atto e poi tornare indietro: "Eh sì" penso, "è un albero di Natale." Altro non può essere. Sulla fila di tronchi al di là della siepe i giardinieri di Clemente hanno affisso

gli annunci. I fogli hanno strisce di carta a strappo con sopra un numero telefonico. L'unica striscia che manca l'ho presa io prima di entrare. Tiro fuori il foglietto dalla tasca: – Di chi è questo numero?

– Mio – risponde Guenda, che si sta guardando la mano. – Ho la linea della vita più corta di quella del destino... Non ha senso.

– C'è un quattro in più.

Guenda cerca la Rinazina dentro una sacca da mare intrecciata : – Ah sì? – domanda bucandosi la narice.

Le rubo il flacone spruzzandomi un colpo di mentolo così lungo e profondo da stapparmi un orecchio.

– Sì – balbetto lacrimando, – c'è un quattro in più e lo sai bene.

Guenda afferra la borsa sollevandola per i manici di paglia. – Ti piace, Poldino? Collezione primavera estate, l'ho disegnata in tre giorni senza mai dormire.

Le schizzo in bocca la Rinazina interrompendola. Guenda comincia a tossire: – Che cazzo fai!? – urla tirandomi uno schiaffo sul petto. Le cinque dita lentamente affiorano stampate sulla pelle. Guardo il rossore: "Sembra un albero di Natale" penso.

– Perché ridi, coglione?

– Non sto ridendo. – Mi tocco il viso: sto ridendo. – Tu perché scappi?

– Io scappo?

– Dove hai messo i cani?

Guenda mi guarda gli occhi, cosa che non fa mai. O poco più su o poco più giù, sempre. Stavolta invece no. Al centro. E non sono abituato. C'è una linea sopra la fronte di Guenda che guardo spesso quando non so che fare. I bulbi escono composti uno accanto all'altro flettendosi all'indietro e non c'è neanche un pelo in mezzo alla fronte a sporcare l'attaccatura. È sempre stato così, da quando la conosco. Chiaro è il confine tra la vita e la pace, anche ora. Raccoglie il foglietto scartandolo piano. I numeri si perdono nella trasparenza della carta umida, ci mette un po' a leggere, poi se lo ficca in bocca.

– C'è un quattro in più – annuisce masticando. – Sono stanca di vedere le stesse cose, Poldo. Non capita più nulla di nuovo in questa città. Sai cosa vorrei?

– Dio coccodrillo, Guenda, rispondi alla domanda.

– Vorrei una guerra, Poldo. Esplosioni ovunque e tutto che trema. Vorrei vedere le nostre case distrutte e queste palme in fiamme... Vorrei uscire dal cerchio. Nel bene e nel male, è tutto così prevedibile. E sono stanca di vedere le stesse cose. Vacanze, foto, feste... E poi, Poldo? Ritrovarsi a sessant'anni che scivoli sul parquet mentre aspetti gli ospiti. E poi, Poldo?... Soltanto una guerra mi può salvare. Voglio dormire per terra sotto il fuoco, davanti a una città crollata, e svegliarmi all'alba, guardare il cielo grigio sapendo che tutto è distrutto. Che tutto finalmente è distrutto. Finalmente il nulla. Finalmente la vita. E nessuno, neanche noi, a sapere come sarà.

Guenda punta il dito sulla mia schiena ormai asciutta.

– Una cosa semplice – chiedo, – niente alberi o rane, per favore.

– Semplicissima – risponde.

Il polpastrello di Guenda compie un giro al centro del dorso e poi si stacca.

– Fatto – dice.

Aspetto un po' prima di rispondere. Quattro gocce o giù di lì, il tempo necessario alla striscia per diventare un cerchio.

– È un cerchio, Guenda. Un grande cerchio rosso.

Guenda non risponde, preme il dito al centro del cerchio: – Qui! – dice, – qui ci siamo noi.

Poi tocca un punto fuori, verso le spalle, e preme fortissimo: – Qui, invece, è dove stanno i cani.

PARTE SECONDA

QUATTORDICI

Caramelle in mezzo al mare fra candide falesie. Assomiglia al mucchio di Smarties che ho in mano. Il porto è pieno, passeremo la notte in rada. Abbiamo un tavolo prenotato per le nove. Cala Core è un delirio di gommoni e barche a vela, quasi tutte Grand Soleil 46 LC. Un Riva 108 troneggia al centro della baia e ruba, giustamente, l'ultimo pezzo di sole che va calando al di là dell'isola. I parabordi bicolore tondi come palle di cannone percorrono lo scafo che sembra meteorite. Nuoto fino a specchiarmi sul dorso del grande alieno, da sopra il ponte un miliardario in tuta bianca mi saluta con un gesto militare. Ricambio. La spiaggia è interdetta, un grosso cartello avverte: vietato avvicinarsi. Tocco il fondale con i piedi, qui l'ombra è così densa che sembra notte e il rumore delle onde si propaga lungo tutta la scogliera affetta da lordosi. Esco dall'acqua, mi sdraio sotto un ombrello di tufo vecchio migliaia di anni che mi guarda promettendo morte. Lo sfido: "Casca, stronzo!" La puttana non risponde e io mi addormento.

Attraverso la città fatta di alberi e torri di vetro. Ho uno zaino che pesa. La grande vallata che divide la metropoli è rossa. Gli alberi hanno foglie rosa i cui contorni si illuminano. Poso lo zaino per vedere quello che c'è dentro. Il mio barboncino salta fuori leccandomi la faccia. Lo prendo in braccio e camminiamo.

Altri barboncini ci guardano. Un grosso dirigibile a forma di barboncino attraversa una nuvola a forma di barboncino. Tutto è pulito. Pace e prosperità in ogni angolo. Pochi uomini ben vestiti mi guardano svelti mentre portano a spasso i loro barboncini. La tristezza mi assale, cado a terra e piango.

L'urlo rimbomba sull'ombrello di tufo che è ancora sopra la mia testa. Ho dormito un'ora e mezza. Il cuore palleggia irregolare. Il sogno mi ha dato energia. Sono contento di vivere in questo mondo. Chiedo scusa all'ombrello di tufo e lo ringrazio: "Buona vita, vecchio mio." Lui mi risponde: "Buona vita, vecchio mio."

Torno in barca e non trovo nessuno. Un post-it giallo chiaro, scritto da Guenda, è appeso al boma:

Quanto nuoti? Andiamo al porto a bere. Se sei vivo passa, se sei morto hai già bevuto.

Tre sticker nuovi sulla chat di Telegram: Hitler che fa il cuore con le mani, una svastica di piselli, un buco di culo femmina aperto fino al prolasso. Mi arrivano da un numero che non conosco. Il nome del profilo è "Goleador alla frutta". Li salvo e rispondo:

"Ci conosciamo bene, immagino?"

Goleador alla frutta è online. Goleador alla frutta sta scrivendo:

"Sappiamo quello che ha fatto" risponde.

"Chi?" domando.

"La tua amica."

Alzo gli occhi dal telefono, ispezionando il mondo intorno a me. Ho la sensazione che Goleador alla frutta mi stia guardando. Le gocce rimbombano in testa.

"Perché parli con me?"
"Perché lei parla solo con te."
Una macchia scura corre nel mare finendo sulla barca. È vento. Gli stralli sbattono, lo scafo ondeggia e l'isola, nel buio finto del crepuscolo, è un mucchio di luci natalizie appoggiate su un'amaca. "C'entrano i cani?" chiedo.
Goleador alla frutta è online ma non scrive, il sospetto che mi stia guardando cresce. Entro in tuga, scendo sottocoperta, apro ogni porta. – C'è qualcuno? – chiedo con gentilezza al nulla. Entro in cucina, controllo il forno, immergo il corpo nel pozzetto del frigo, apro tutti i cassetti. – Esci! Ti ho visto. Esci!

Il nulla non esce, rimane lì, ovunque. Poi il telefono squilla ancora, è sempre Goleador:
"Sei come tuo padre. Sai fare solo domande."

Ripercorro la conversazione e mi accorgo di avergli fatto solo domande. Goleador non è più online. Ora ho la certezza che mi sta guardando. Dal frigo ancora aperto esce nebbia fredda. Nella credenza spalancata basculano, color sorgente, bicchieri di vetro dalla forma accartocciata.

QUINDICI

– Emigrami il Biancolella con tutto il cesto – invoca Ciccio all'altro capo del tavolo mentre il selfie di Stella sta per essere attraversato da un flare di luce rosa e Guenda, che ha degustato quindici Juul ammucchiate sopra il piatto, trova finalmente il Virginia Tobacco. E anche questa è Storia.

– Solo se mi baci il cazzo – risponde Dodo, pressato dentro una Polo Lauren degli anni novanta. La cameriera dal culo bello posa carpacci di triglia al centro del tavolo e Van Morrison, "Sha la la la la", invoca la sua bimba dagli occhi castani dentro uno yacht al centro della baia.

Alto sopra il porto, il faro dell'ingresso a dritta riverbera verde nell'aria spessa, gli occhi di Guenda sono pelle di medusa, il vino sintonizza l'anima su frequenze millenarie, lo spirito circonda il globo da nord a sud come una sterna artica mentre le nostre mani toccano la tovaglia. E anche questa è Storia.

– Guarda chi c'è... – fa Stella a Tapia, e tra il fumo che esce e il carpaccio che entra le parole sembrano venire dal naso. – Collega... – aggiunge.

Olimpia Settembre, trent'anni oggi, fa ingresso in sala appresso a un fitto gruppo di amici. Quasi tutti rincorrono un'estetica che non gli appartiene, e che risulta posticcia. Fra questi

Teo, il cammello, camicia coreana, pantalone a metà tibia e mocassini Sebago.

– Un discorso così scemo sull'immigrazione si merita un premio. – Olimpia bacia la testa a Tapia che ha la faccia rarefatta di chi dopo tanto tempo è tornato a spingere coca.

– Mettiti l'anima in pace, Olimpia, non avrai mai il mio cazzo.

– Con tutta la roba che tiri nessuno avrà mai più il tuo cazzo. – E mi guarda, stupita della sua stessa ironia. Io la fisso immaginandola a gambe aperte mentre si sgrilletta il clitoride implorandomi di leccarle il culo. Quindi sorrido.

– Hai sempre sniffato molto più di me, stupida.

– Io posso perché non ho il cazzo! Dovrebbero tirare solo le donne.

– Tu puoi e basta. Qualsiasi cosa fai, là fuori troverai gente – e indica il mare nero dove non c'è nulla – disposta a vedere soltanto le tue migliori intenzioni e a giudicarti per quelle. Ogni tuo errore sarà sempre un po' meno grave di un mio errore, anche qualora dovesse trattarsi dello stesso identico errore.

– Caro Tapia – sorride, – c'è del rancore in te... – Olimpia è in piedi in mezzo a noi e quasi tutto quello che dice a lui lo conclude guardando me. Annuisco bevendo acqua di Nepi e nei cerchi del bicchiere la inculo a pecora.

– Hai sempre scelto l'evidenza, cara Olimpia. Perché non hai coraggio né fantasia. Perché in fondo in fondo il vostro riformismo è conservativo: tutto deve cambiare purché i buoni siano gli stessi. Soltanto noi siamo Rivoluzione. Noi siamo quello che voi vorreste essere.

– Trasudi coca e firmi decreti per bandire la marijuana... Rallegramenti, avvocato.

– La devastazione fisica è una scelta troppo nobile per essere corrotta da una legge che la consenta.

– Tapia... Fai schifo, e nient'altro.

– Le tue mani piene di amuchina, quelle fanno schifo. Le conversazioni su WhatsApp col tuo filippino per farti portare la centrifuga a letto, quelle fanno schifo. I tuoi libri di scuola con le pagine sul fascismo strappate, questo fa schifo. La tua sicurezza, il tuo distacco, il tuo moralismo. Guardati in faccia. Saresti disposta a uccidermi.

Olimpia non risponde, è stata presa al cuore. È vero: lei ucciderebbe Tapia, e non perché lo odia ma perché lo considera colpevole.

– Lancia ancora i petardi contro la polizia? – lo chiede a me sarcastica. Io ricambio con un sorriso enorme. D'altronde le sto sborrando in faccia.

Dodo versa champagne su un'ostrica e la succhia. Stella modifica la foto su Snapseed aumentando l'incandescenza. Guenda fissa Olimpia, la testa inclinata, il mento che tocca la gola e quello sguardo dal basso verso l'alto che fa da quando è bambina. L'amara coscienza dei ricchi, dei figli di, dei briganti, di chi sa che tanto è destinato a un giudizio volgare e sprezzante. Raffiche di vita ingoiata davanti alla melma del perbenismo che scende sopra le sfumature, impone i contorni, racconta le storie.

– Ciao, Guenda.

– Ciao.

– Disegni ancora costumi da bagno?

– Sì.

– Salutami tuo padre...

– Grazie...

Olimpia si allontana. Sono le ventuno e ventotto, una mano mi tocca la spalla:

– Poldo?
– Teo!
– Che ci fai qui?
– Siamo arrivati oggi.
– Sei arrivato oggi?
Ingoio il vino indicando Guenda e Stella.
– Guarda con chi sto!
– Cazzo! Pech e Marraffa!

Teo le abbraccia, poi si ferma e parla a tutti. Dopo un lungo sospiro:

– Ma quanto erano belle le recite? L'ultima ve la ricordate? *La foresta scappata*? *La*... Come si chiamava?

– *Il canguro scomparso*, Teo...

– *Il canguro scomparso*, bravo Poldino! Io ero... il leone, mi pare.

– Tu eri il cammello, Teo.
– Ah, forse è vero...
– Leva il forse, Teo.
– Io ero il leone! – urla Stella.
– Lei era il leone! – ripeto finendo il vino.
– Ma dai? Tu chi cazzo eri, Poldino?
– Io ero il...

– Dopodomani compio trent'anni – mi interrompe Stella, – faccio una festa in barca da papà... Se ti va di venire – allarga un sorriso, – vieni!

– *Susy?*
– Sì...
– State qui con *Susy*?!

– Stiamo nella barca a vela di mamma... – il sorriso si allarga ancora di più. – *Susy* arriva domani notte.

– Mbè, io sto con...
– Porta anche Olimpia, se vuoi.
– Grazie, Stellina. Sei troppo gentile.

Qualcuno dal tavolo lo chiama, Teo se ne va. Ci siamo scambiati solo domande e lui è quasi seduto quando io mi alzo e grido: – Teo! Sei tu Goleador alla frutta?

Teo sorride senza capire. Non penso sia lui. Lo vedo sfumare nell'orizzonte di facce abbronzate che contiene il perimetro di una passione consumata. Un filo di seta ai minimi storici nell'imitazione reiterata dei nostri avi. Ognuno sembra il suo genitore in una versione però minore. Meno libertà, meno audacia, meno occhio sul mondo. Questo vale per tutti, qua dentro, tranne che per me e Guenda. Soltanto lei e io sfuggiamo al morso.

Edoardo si tocca il cazzo con aria dolorante. Guenda ride. Tapia ribalta la bottiglia vuota nel cestino del ghiaccio. Stella brucia le ombre e spara al massimo l'enfasi. Il selfie oramai è una poltiglia, ma intanto anche questa è Storia.

SEDICI

Tapia stira la frizione e scala due marce alla volta. Una Costa Crociere naviga in mezzo alla baia. Sono pressato tra lo sportello e Guenda, osservo il transatlantico. E il ricordo è nitido. Io piccolo, che guardavo le luci da lontano, col grande sogno di finirci dentro. Ma ora, a quasi trent'anni, tutto è cambiato e accarezzo il pensiero terribile: adesso sono loro a guardare noi. In piedi sopra l'ultimo ponte, le mani aggrappate alla battagliola, un bambino sgrana gli occhi nel buio tiepido rincorrendo la nostra macchina che sparisce e ritorna dietro l'erica, le lavande e il cisto rosa. Vecchio mio, non c'è nulla da sognare qua in mezzo, chiudi gli occhi e abbraccia tua madre finché sei in tempo.

La casa non ha porte, tende dalla stoffa densa separano gli ambienti scavati nella roccia. Le luci della piscina riverberano per tutto il giardino che si stende croccante fino ai piedi di un promontorio dove, ogni tanto, qualcuno narra atterri un elicottero. Olimpia gattona con una canna spenta in bocca, raggiunge un vaso di citronella per le zanzare e tenta di accenderla, uno sbuffo di fuoco le brucia i capelli, si alza imprecando mentre lo spinello affonda nella cera come ossa antiche in un lago ghiacciato. Qualcuno ride. Guenda si avvicina al coccio con lo spinello e scatta una foto.

– Mi dondoli un po'? – domando cambiando la voce. Guenda si volta. Non mi vede.

– Chi è? – La fiamma esalta l'abbronzatura.

– Chi sei tu?! Negra!

Viene verso di me, la mano sulla fronte per proteggersi dal buio. – Poldo?

Quattro secondi. Rimane così, con gli occhi affilati, io che trapasso dal nero al grigio, e lentamente appaio.

Entriamo in casa, cotti di vino e cotti di amaca.

La riproduzione fedele di un guerriero masai sfida a duello chi entra. Lo scudo tribale, il vello rosso, la lancia pronta a partire. Guenda lo saluta accarezzandogli il cazzo. Una credenza di legno chiaro con tazze di porcellana e calici blu è ricavata in mezzo alla libreria. Cataloghi di foto e libri d'arte riempiono i grossi scaffali. Salgado, McCurry, Cartier Bresson, la vita amplificata di Newton e quella sensazione di futuro in bianco e nero. La prepotente bellezza di Stoller, il Picasso di Robert Capa, i precari contrasti di Ghirri. Guenda afferra le coppe dal valore evidente e va in cucina a riempirle di ghiaccio. Apro Salgado, un ospedale di guerra durante il massacro del Ruanda. Il bimbo dalla testa enorme giace rachitico senza tibie sopra un letto. L'eleganza regna ovunque. Ed è folgorante. A partire dalla saggezza offesa del bimbo che adesso mi sembra una bimba, e forse è tutte e due. Quell'essere guarda davanti a sé con un tale scarto di vita tra lui e chiunque contempli la foto da rendere impossibile e sbagliata, soccombente, ogni spiegazione sentimentale. È qui che nasce la retorica, nel tentativo di governare l'invissuto. Bisogna avere il coraggio di fermarsi. Rimane soltanto l'eleganza mutilata delle forme, il crudele istinto dell'artista di renderle vive dentro l'inquadratura perfetta. Ma la bambina sa anche questo e sembra accontentare l'ignaro Salgado posando il suo scheletro martoriato ora da una parte, ora dall'altra, ora lì: per sempre. Dentro questa foto che ha scattato Lei, e che soltanto Lei può vedere e comprendere fino in fondo.

– Che gin vuoi?
– Tonka Superior.
– C'era solo il Bombay. – Guenda appoggia la coppa sullo scaffale, chiudo il libro velocemente. S'insospettisce: – Cosa guardi?
– Nulla.

Riapre il libro nel punto esatto. Osserva la foto. Il tempo si gonfia e ci tocca. E per un attimo i nostri tempi coincidono:
– Non capisco, sai. Poldo mio... Non capisco proprio. Certe cose...

– Genocidio dei Tutsi! È del '94. – Una voce impastata ci morde le spalle. – Mio padre organizzò una mostra al Maxxi che andò benissimo. Sono foto straordinarie, però forse il suo apice l'ha toccato in Brasile...
Mi volto verso Olimpia che non so da quanto sia lì. La vorrei morta come non ho mai voluto morto nessuno. Quindi sorrido:
– Grazie, Olimpia.
– Posso un goccio? – Mi afferra il bicchiere prima che dica "Certo". Ne beve metà. La bocca troppo aperta e il gin che cola. Si asciuga col dorso della mano e intanto rutta.
– Cazzo, ho mischiato troppo...
– È il tuo compleanno, vero?
– Sì... Purtroppo sì.
– Mbè, auguri... E complimenti per la casa – aggiungo.
– Grazie... Anche se non è mia.
– E di chi è?
Teo mi bacia sulla guancia e poi si sdraia sull'ottomana in velluto che percorre la libreria.

– Porca troia, ragazzi. Quel filippino in piscina ha un'erba che...

– Ti posso presentare Teo? Quando non muore è simpatico.

– Lo conosco. Stavamo a scuola insieme. Elementari – scandisco. – Era il compagno di banco di Guenda. – Mi volto verso Guenda che non c'è più: – Guenda! Dov'è?

Olimpia vacilla e mi si aggrappa al collo. Biascica:

– Penso sia andata al bagno. A farsi... Boh... A farsi un bagno...

– Non credo.

– Ti posso presentare Teo? – Olimpia sta perdendo muco dal naso. Ogni "o" che pronuncia è accompagnata da una bolla di saliva. – Teo, lui è... Scusa, come?

– Poldo.

– Lui è Poldo, un amico molto bello di Tapia.

Teo ha gli occhi aperti e russa. Non risponde.

– Teo, sei stronzo!

– Olimpia – sussurro, – penso che Teo dorma.

– Dici? Oddio quanto sei bello – Olimpia prova a baciarmi. Indietreggio sorridendo.

– Ma te ridi sempre? Ridi sempre... Quanto sei gentile. Teo invece è stronzo. – Si china su Teo tirandogli uno schiaffo in piena faccia, tra naso e bocca: – Svegliati, brutto figlio di puttana!

L'epistassi esonda ma Teo non si sveglia.

Il respiro di Teo si fa sempre più pesante. Lo stomaco ondeggia. Come se dentro...

– Olimpia! Credo che Teo abbia il mare dentro.

– Cosa?

– È pericoloso. Teo sta male! Olimpia, Teo sta male! – le urlo in faccia. Olimpia comincia a piangere. Esco in giardino.

– C'è Teo che sta male! Serve un dottore.

Il filippino con il naso rifatto mi offre un tiro d'erba: – Stai tranquillo, gli scende. – Lo spingo via e lo spinello casca in piscina: – Ora me la ripaghi, coglione!

– Serve un dottore, ho detto!

– Tra un po' ne servono due!

Tapia si frappone, umido e pacato appoggia le mani sulle spalle del filippino.

– Calmo... Te la ripaghiamo.

– C'è Teo che sta male!

– Chi cazzo è Teo? – domanda.

– Il cammello – rispondo.

– Cosa?

– Teo sta male! Teo ha il mare dentro!

Tapia si volta verso il filippino: – Che roba gli hai dato? – Il filippino lo manda a fanculo, Tapia aggrotta la fronte:

– Perché mi rispondi male?

– Io non ti conosco.

– Tu no, ma tua madre sì.

– Cosa hai detto?

Il filippino si leva le infradito, prende la rincorsa lanciandosi contro Ciccio. Cascano su un tavolo di bicchieri, il tavolo scoppia. Tapia si copre la testa mentre il filippino prova a menargli lo stomaco. Afferro il filippino per il collo trascinandolo indietro:

– Fanculo, Manny Pacquiao... – urla Tapia rifiatando.

Rido e allento la presa, il filippino ruota il busto stampandomi il gomito in fronte. Casco a terra, le orecchie che fischiano. Scalcio tenendolo a distanza, il filippino prende una gamba del tavolo e me la fracassa sulla tibia, urlo di dolore. Il filippino ricarica il colpo, chiudo gli occhi e sento il rumore dell'acqua. Gocce leggere mi rinfrescano il viso. Dodo che mi tende la mano.

Il filippino è in piscina e chiede aiuto:

– Non so nuotare! – supplica. – Vi prego!

Una ragazza obesa gli porge il retino telescopico. Rimorchiato a riva come un poppante, promette di ucciderci. Dodo avanza, con i muscoli della mascella che vibrano gonfi e irregolari. "Povero Manny," penso.

– Ragaaazzi!!! Ragaaazzi!!!

Urla onnipotenti riverberano dalla penombra: – Ragaaazzi!!!

Io e loro. Noi. I ragazzi. Alziamo lo sguardo verso il trampolino. In piedi c'è Teo. Il vello rosso sulle spalle, il cazzo di fuori. Ha spogliato l'opera d'arte e la indossa. Versi di bue cadenzano il rito. Scuote la lancia.

– Muuuuuu! Muuuuuu! Io sono il dio del mondo! Io sono il dio del mondo! Io! Sono! Il dio del porcodio!

Un applauso esplode dalla folla dissoluta. Accanto a me, la ragazza obesa si aggiusta una striscia sul palmo e se la spinge nel cervello. Scoreggia, tuffandosi in piscina: – Neanche io so nuotare! – ride. Nessuno la segue. Teo cerca di infilzarla con la lancia: – Ti ammazzo, balena! – I colpi vanno a vuoto mentre il vento sale e commuove. Sventolano le camicie e sventolano le cravatte. I capelli, di cera incrostati, vibrano assieme ai nostri giovani cuori. Il frastuono è delirante. Due ragazzi improvvisano un duello con torce da giardino, corde di fiamma che tagliano il buio, zampilli sui pitosfori e il fuoco che divampa. Gli alberi si piegano, il rombo sale. Piccole onde sulla cresta dell'acqua. E poi l'ombra del drago. Un elicottero esce dal promontorio sorvolando basso le nostre teste, i lettini da mare volano contro le vetrate che vanno in pezzi. Teo, oramai trasfigurato, mezzo bestia e mezzo dio, proclama: – Affidatevi! Affidatevi! – Prende la mira e scaglia il dardo contro l'elicottero, che nel frattempo ha virato. La gente rinviene, lentamente, come da un sacrificio. I ragazzi cercano le ragazze. Le ragazze cercano le borse.

– Poldo! Dobbiamo andare! – Mi volto verso Stella che mi tende la mano. – Sono arrivati i proprietari.

– Cosa? – urlo senza riuscire a sentirmi.

– Dobbiamo andare!

Un uomo di settant'anni è sceso dall'elicottero e parla al megafono:

– Delinquenti figli di puttana, finirete in galera tutti quanti! Finirete in galera per tutta la vita! Delinquenti figli di puttana, finirete in galera tutti quanti! Finirete in galera per tutta la vita!

L'uomo, senza volerlo, ha registrato il messaggio, che ora viene trasmesso in loop. La voce piatta e sempre uguale esce spassosa dal megafono come quella degli arrotini: "Delinquenti figli di puttana..."

– Stella! Dov'è Guenda?

– Non lo so, Poldo! Dobbiamo andare.

– Ehi! Dov'è Guenda?!

Lascio Stella che corre via. Entro in casa: – Guenda? – Penetro nel formicaio di roccia, i rumori esterni si fanno sempre più attutiti e riesco a sentire il cristallo che va in pezzi. Una ragazza scalza con un quadro in mano ha fatto cadere un posacenere, scavalca i frammenti.

– C'è qualcuno di là? – chiedo.

Lei sorride e non risponde. Una nuvola di fumo scende dalle scale. Il bagno è chiuso a chiave, l'acqua è aperta. Il vapore esce dalle fessure e si diffonde per tutto il corridoio.

– Guenda, aprimi!

Busso sempre più forte, nessuno risponde. Prendo a spallate la porta che cede, il vapore è ovunque. Guenda non c'è. Sulla condensa dello specchio una scritta, si leggono soltanto le prime lettere: "Foss". Spengo l'acqua, la finestra è aperta. Fuori, in fondo alla strada, sciami di macchine e motorini escono dalla villa suonando i clacson. Il megafono continua a ripetersi: "Delinquenti figli di puttana..." Qualcuno l'ha imparata a memoria e strilla al vento le parole come fosse una canzone: "Finirete in galera tutti quanti! Finirete in galera per tutta la vita!" I clacson che si intonano come in un pezzo dance: "Delinquenti figli di puttana... Delinquenti! Finirete in galera tutti quanti... Tutti quanti! Tutti quanti! Delinquenti..."

Un sentiero di orme è tracciato sul dorso bianco del tetto, seguo le impronte che vanno dritte verso un'altra finestra. Corro mentre l'elicottero spegne i motori e l'ultimo Wrangler carico di ragazzi esce dal cancello stonando I Cani. Il silenzio improvviso sbilancia i timpani e per poco non cado. Mi guardo attorno. La luna è piena e il buio sembra dirmi "Hai visto? Non sono mai esistito". Il grande transatlantico ha circumnavigato l'isola, è proprio davanti a me. Il bambino adesso dorme tra le braccia della madre. Scavalco la finestra che dà sulla biblioteca. La luce rimbalza arancione sopra il mogano che è ovunque. Mi affaccio dal soppalco: su una sedia di cuoio italiano, sotto una testa di squalo, c'è Guenda che legge.

– Guenda! Ti sto cercando da un'ora! Dobbiamo...

Senza staccare gli occhi dalle pagine alza la mano interrompendomi: vuole arrivare al punto. Io taccio. Aspetto. Sono otto gocce. E per la terza volta in quest'estate mi viene da piangere. Ma sono dieci anni che non piango. Quindi non piango.

– Poldo! Cinquantamila anni fa la storia dell'uomo subì un'improvvisa accelerazione che Diamond chiama "il grande balzo". Lo sapevi? I Cro-Magnon avevano il collo un po' più lungo, che gli permise di sviluppare il linguaggio da cui dipende tutto... I Neanderthal furono massacrati, divennero fossili. Noi siamo i Neanderthal, Poldo, alla soglia di un grande balzo che ci farà sparire. Non lo trovi bellissimo? Evaporare, Poldo... EVAPORARE.

– Guenda. Per piacere, andiamo.

Guenda rinviene, chiude il libro e sorride.

– Certo, Poldo. Andiamo.

Mi tocco la faccia: anche io sto sorridendo.

DICIASSETTE

Vivo il presente come se lo ricordassi. E i ricordi sono vaghi. Le volanti della Finanza risalgono la panoramica a sirene spiegate. Una ogni sette minuti. Mi pare. Io e Guenda nascosti dietro un cespuglio di finocchio marino. Guenda che mangia un pezzo di pianta. Una volante a sirene spente passa e per poco non ci trova. Guenda ha mal di piedi. Per trecento gocce la porto in spalla. Mi devo fermare. Ho mal di schiena. Guenda vuole provare a prendermi in braccio. Caschiamo. Guenda penetra la radura azzurra di erba fresca che costeggia la strada. La seguo mentre immagino gli altri che stanno in barca: Stella a prua, sdraiata per obliquo nel letto armatoriale. Dodo, nella cabina accanto al carteggio, deve essere stato il primo a addormentarsi, sicuramente nella cuccetta superiore, anche se sarebbe stato meglio sotto visto il suo peso. Tapia ha fregato un pezzo di fumo dal beauty di Guenda e se l'è fatto sull'amaca in pozzetto, gustandosi le pantere che, per tutta la notte, stanno setacciando l'isola.

Gli organi inquinati dal vino dilatano la forza psicoattiva del fumo che deve fare i conti con l'emivita di uno stimolante anfetaminico a base di taurina che consumo regolarmente dall'intervento oncologico. Il neurotonico accende l'intelletto, il THC lo spegne. Caterve di dopamina non sanno dove andare. I principi attivi sono in guerra e ognuno corre da una parte. Alla fine vincono tutti. Sono lucido e confuso, capisco perfettamente ogni cosa ma al contrario: le immagini odorano, i suoni colorano, i colori cantano. Guenda ha un bastone chiaro trovato non so dove che sferza nell'aria lasciando scie colorate che il mio cervello cancella a fatica.

– Seguimi! Ti porto dove comincia il mare! – grida mostrando il culo.
– ... Le mutande?
– In biblioteca... – sorride.
– Perché?
– Poldo, stai zitto e seguimi.

Guenda è sdraiata su un tappeto di falesia contornato di piante grasse. La pietra è tiepida e fa piacere. Sulle pale di un fico d'India sono intagliate le iniziali e i segreti osceni di tutti quelli venuti prima. Fotografo il più bello: *Io sono timido, Alfredo 1991.*

– C'era una cosa che scrivevi ovunque con Tapia.
– Sì – rispondo, – ... "il nostro sistema non sarà deduttivo, vivremo in un mondo di inferenze interrotte, e dall'antica menzogna..."
– Quella.
– Quella... – ripeto.
– E allora? Che significa?
– Significa che serve una guerra.
– Questo te l'ho detto io, Poldo...
– Si vede che l'avevo già capito, Guenda.
– Pochi giorni fa a Roma ho visto un gabbiano che sventrava un piccione, gli mangiava le budella mentre era ancora vivo, allora gli ho lanciato una pigna per farlo andare via.

– E lui? – chiedo.
– E lui è volato. Poi mi sono avvicinata al piccione e l'ho fissato negli occhi. E sai cos'ho capito? – Guenda apre e chiude la mano, impaziente. – Era arrabbiato con me... I suoi occhi erano arrabbiati con me.
– Aveva paura, Guenda, nient'altro.
– No, Poldo! Era infuriato perché l'ho sottratto al cerchio della vita. Gli ho negato la guerra per farlo morire strisciando e lentamente, come un topo. Io non sono un topo! Se avesse potuto parlare avrebbe detto: "Io non sono un topo"...
– E i topi che tuo padre fa mangiare ai piranha? Cosa direbbero se parlassero? "Noi non siamo gamberi"?

Guenda ride, prende un sasso e lo lancia nel buio. Continua ad aprire e chiudere la mano come sperando che la riga del destino possa magicamente cambiare.
– Non lo so, Poldo... Non so nulla.
– Anche i cani li hai sottratti al cerchio, vero?
– Faccio agli altri quello che vorrei fare a me stessa.
– Guenda... Dove stanno i cani?
– Poldo... Dov'è il canguro?

Mi alzo in piedi dondolando, la pietra è morbida e il cielo sopra le nostre teste è basso e duro. Tuoni lontani scoppiano alti sopra il mare. Sembra piovere e poi non piove, è così da parecchio tempo. L'isola, tutta, veglia da mesi la grande pioggia che porti via il caldo.

– Il canguro è dietro le quinte e aspetta che una cerbiatta rincoglionita lo trovi.

Guenda apre le gambe. La fica è depilata. Non provo nulla. Un pezzo di basso ventre attraversato da una striscia scura. Poi le gambe si dilatano ancora, e la striscia si apre accompagnata da uno sbuffo. Esce un cuore sudato. E da dove quel cuore prenda tutta quell'umidità in questa notte così secca, è un mistero che fa crescere il cazzo. Alle due e quarantadue entro nella fica di Guenda e ci rimango per sedici minuti. Lei tiene gli occhi chiusi e geme, sola nel buio della sua corteccia sensoriale. Io guardo la pietra per non venire. Poi urla mordendomi il naso. Sono costretto a guardarla in faccia. Fisso l'attaccatura dei suoi capelli e sborro. Una lacrima le scende dalla palpebra ancora chiusa. Echeggia in cielo un fulmine profumato.

DICIOTTO

Affondo il cucchiaino nella granita al caffè, che è una vera merda. Accanto a me, Guenda non si è accorta di nulla. Dorme come l'ho lasciata, la bocca aperta e il mento sulla clavicola, rannicchiata sulle sedie di plastica intrecciata al bar del porto. Due ore fa il proprietario mi ha svegliato toccandomi la spalla. Poi ha fatto un passo indietro mentre aprivo gli occhi:

– Mi sembravi morto – ha detto con accento campano.

– Forse... – ho risposto alzandomi lentamente, – forse lo ero.

Ho fatto colazione con un cornetto al cacao scongelato. Sull'agenda delle idee ho scritto una storia. Iniziava così: "Isola, bar, esterno mattina. Due giovani, un maschio e una femmina, dormono sulle sedie anni settanta di un bar lungo il porto. Capiamo che sono morti." La storia non decolla. Mezz'ora più tardi ordino questa granita. Sto per svegliare Guenda ma vengo distratto da un grosso traghetto che entra in porto. Il marinaio di tribordo centra la bitta con la cima. Schiuma e fumo escono dai motori che combattono la forza evolutiva dell'elica, la rotta si inverte, le cime si tendono, la vedetta alza un braccio: è il segnale. Il vecchio cancello ossidato si apre cigolando. Un marinaio in polo bianca scende a terra. Abbraccia l'amico in banchina che si complimenta per il canestro facendosi rubare un sorso di caffè. Escono prima le moto, poi le macchine e alla fine le persone. Da come sono vestite sembrano tutte di Roma. Una coppia di ricchioni viene accolta da un'altra coppia di ricchioni. Tutti e quattro salgono nel vano di un grosso pickup guidato da una donna. Mi soffermo su un'anziana signora che ricorda la Neretta. Ha capelli ricci e biondi come la vecchia preside e occhiali da sole certamente graduati. I vestiti eleganti, poco funzionali, cuciti in epoche più spensierate. Una giacca di stoffa morbida simile alla mia Fitzgerald di Brooks Brothers comprata a Londra qualche anno fa. Cammina aggrappata al braccio di un marinaio che la aiuta a scendere e fa quasi fatica a seguire i passi così corti della vecchia. La cede al nipote che la carica su una macchina elettrica: silenziosi evadono.

La suoneria che ho scelto per mio padre si chiama Lungomare. È una successione rilassante di rumori sintetici. La ascolto nove secondi e poi rispondo.

– Non riesci a dormire? – domando.

– Che cazzo avete fatto? – domanda.

– Mamma dov'è?

– Dorme.

– Tutto bene, papà?

– Che cazzo avete fatto?

A quanto pare è vero che la cicciona non sapeva nuotare. Salvata per miracolo, è la figlia del senatore Temagno: tracce considerevoli di cocaina, ketamina, marijuana e diazepam nel suo grasso, zozzo sangue. Il padrone di casa ha sporto denuncia. È un gallerista di fama e alcune delle sue opere più importanti sono state compromesse. Il guerriero masai battuto all'asta per quattrocentomila euro giace riverso a terra, nudo e senza testa.

– Per tutta l'estate! – ringhia papà. – Per tutta l'estate – ripete – si parlerà solo di questo, dimmi se c'entri qualcosa.

– Papà... Certo che no.
– Mi ha chiamato la redazione... Si parla di un video in cui c'è Tapia.
– Che video?
– Una rissa.
– Te l'hai visto?
– Ancora no. Stiamo trattando per averlo.
– Forse vi ricattano e basta, papà... Forse il video non esiste.
– Il tuo futuro non esiste! Idiota!

Un bambino scende dalla nave rincorrendo un Super Tele. Beve Powerade blu.

– Papà... Ti prego.
– Perché frequenti ancora quell'uomo?
– Papà, non è "un uomo": è il mio migliore amico.
– È tutta la vita che combatto gente come lui. Gente con un piede sempre fuori dal cerchio...
– Papà, Tapia non farebbe male neanche a una... – e penso sia ingiusto dire mosca, cerco un altro animale – neanche a una mucca.
– Da ragazzi sono simpatici, da adulti sono squallidi. Ne ho visti tanti così. Te ne devi liberare.
– Vai a fanculo, papà!
– Cosa?
– Ho detto: vai a fanculo. Sono bravi gli amici tuoi giornalisti. Guardatevi in faccia, non vivete che di riflesso. Combatti chi non rispetta le regole... È l'unico modo che hai trovato per diventare ricco e famoso. Complimenti, che coraggio! Mbè, sappi, papà... Sappi che qualche pezzo di vita rimane fuori dal cerchio. E che sarà quel pezzo a ispirare chi verrà. Sappi che le regole cambiano. Gli uomini muoiono, i giornali bruciano. Il grande balzo è dietro l'angolo e tu non sei affatto buono quanto credi. E sappi anche un'altra cosa, papà: in quel video c'è pure tuo figlio.

Silenzio. Grumi di bava e il fegato che chiede acqua. Quand'ero piccolo, prima di andare a letto, papà mi domandava: "Non prima di esserci detti...?" E io rispondevo: "Ti amo, papà." E lui: "Ti amo, Poldo." Era il nostro saluto. E non sto scherzando.

– ...

Quattro marinai attendono l'ultimo passeggero. Zoppica ridendo mentre si accende una sigaretta varcando il cancello. Un nostromo lo rimprovera: – Ehi! È pieno di benzina, qui.

– Hai ragione, papà.
– Cosa?
– Quello che hai detto.
– Io non ho detto nulla... Pensavo a quello che hai detto tu.
– E allora scusa, papà, ho dormito poco.
– ... – Papà non parla.
– Dai un bacio a mamma.
– Mamma dorme.
– Daglielo lo stesso.

Guardo il ragazzo, ora è davanti a me. Non può essere. Ma se fosse? Il coccodrillo verde sulla maglietta rosa, i Carrera bianchi sulle guance bianche, i polpacci lunghi. Sull'avambraccio sinistro una riga di sangue incrostata. Non ha valigie, soltanto un mazzo di fiori. Nascondo la faccia dietro la granita, Aldo mi passa accanto, concorda la tariffa col tassista e se ne va su per la bretella minore in direzione opposta al flusso sfarfallante di cappelli e merda.

Frequentai il Castello negli anni più ruggenti del suo splendore, in quella che da molti viene ricordata come l'età dell'oro. La pianta carnivora della globalizzazione cominciava ad attecchire. Il figlio poliglotta, il cittadino del mondo. Attivista o ambascia-

tore, avvocato umanitario o finanziere, quale che fosse il destino, l'idea allettò i più disparati cuori di madre: le temerarie, le ambiziose, le annoiate. Grazie al sonno italiano nasceva il sogno europeo, e le scuole americane a Roma cominciarono a proliferare: il Castello era fra queste.

Il primo giorno arrivai in anticipo. La preside, Anna Maria Neretta, ci aspettava sotto l'arco principale accanto al giardino delle palme. Aveva sessant'anni e capelli chiari come paglia, il viso tondo e la voglia di capirmi, e poi un sorriso plastico e un grugno autorevole come certe foto del passato. Le volli subito bene. Gli anni di Pamela erano acqua passata. Davanti a me, con il suo carico di storia, la Neretta.

Più tardi, in corridoio, schiena contro il muro e l'obbligo di conoscerci. Un ragazzo molto alto con il vezzo di spolverarsi il naso col dorso dell'indice mi fece una domanda: "Sei sicuro? Sei veramente sicuro di avere la mia età?"

Non dissi nulla.

"Sembri parecchio più piccolo."

"Perché sono di metà dicembre" risposi staccandomi dal muro.

"Sembri di metà dicembre, ma dell'asilo."

Tese la mano. Mi ci aggrappai: "Aldo" disse.

Nell'oro specchiato riconosco il tender. Sono le nove e ventisette, è presto eppure i tubolari rosa non lasciano dubbi. C'è solo Tapia, indossa la stessa camicia di ieri. Ha una collana con un dente di squalo comprata a Monti. Passa il doppino al marinaio del porto che gli ride in faccia preparando una gassa. Scendendo appoggia troppi chili sul pulpito, lo scafo beccheggia forte, e per un attimo, tra i sospiri, l'opera morta diventa opera viva. Vedo Ciccio J Tapia nel pieno della sua vita, un vulcano delle

Hawaii: un uomo, direbbe mio padre. Sì, forse. Ma un uomo al limite, teso tra la preistoria e le macchine volanti. L'apparato di un primate, i sogni di un pazzo. L'animale dentro il bambino alle prese con la guerra più difficile: quella contro la gioventù. Perché, cari vermi, se volevate vederci invecchiare dovevate dirlo subito e chiaramente.

– Ciccio! – alzo le braccia.

Tapia ricambia sgranando un sorriso enorme, allunga dieci euro al garzone e corre verso di noi. Mi abbraccia come se non mi vedesse da anni. – Ti voglio bene... – sussurra. – Ieri c'erano sbirri ovunque... Eravamo tutti fatti.

– Tranquillo.

– Avete dormito?

– Qua – indico le sedie.

– Qua?

Guenda inspira forte col naso e sputa l'aria un po' per volta.

– Stanotte ho letto il libro – prosegue Tapia.

– Quale?

– Il tuo! Mbè... Mi hai fatto piangere...

"Qualcuno ha ripreso la rissa in piscina, tra poco esce il video e sei fottuto." Dovrei interromperlo, parlarne subito: "Sarà mio padre a smerdarti."

– Il panino con la lonza, il bar di Linda, le gite! Cazzo, Poldino, quante cose... Non mi ricordavo nulla, sai? E poi... l'eroinomane. Sei sicuro che è morto? Forse è vivo... In ogni caso...

– Cambierò tutti i nomi.

– Viva le puttane, Poldo!

– Viva i bocchini, Tapia!

– E Aldo! – strilla.

– Dov'è? – chiedo abbassando la testa.

– Lo racconti benissimo...

– Aldo è qui – dico.

– Dove?
– Qui.
– Cosa?!
– L'ho visto scendere dal traghetto.
– Non è possibile. È in clinica...
– Sarà evaso.
– Questo è molto strano...
– Aveva in mano un grosso mazzo di rose.
– Per Stella?
– Credo anch'io. – Conto i giorni con le dita. – Domani...
– Ed è venuto fin qui per lei?
– Si è tirato giù da un palazzo per lei...
– Poldo... La vacca di ieri te la ricordi? Quella che si è tuffata in piscina. L'hanno salvata per i capelli. È la figlia di un senatore...

"Senti, Ciccio, è una storia di droga, ciccioni e Masai! Ma io ti difenderò, dovessi perdere tutto... Perché sei il mio migliore amico. Viva le puttane. Viva i bocchini."
– Ciccio, devo dirti una cosa...
– Dimmi. – Tapia prende un tovagliolo, si asciuga il naso, controlla se c'è sangue. Si ficca una Camel in bocca e la accende nel fuoco di un cerino reso trasparente dal vento. Rimane fiducioso un paio di secondi con la sigaretta che tocca il fiammifero spento. Finché, dal nulla, il solfuro rinviene e la fiamma ricomincia: – Allora?
– Buongiooorno... – Guenda stira le vocali assieme alle vertebre. – Quando sei arrivato? – chiede a Ciccio.
– Sei ore fa...
– Che ore sono?
– Le sette di sera.
Guenda mi fissa. Annuisco.
– Che cazzo! Potevate svegliarmi! – Prende il telefono e guarda l'ora: – Tapia, sei un coglione!

– E tu lo sai che russi?
– Solo se bevo... – Poi mi alza la mano: – Hai le unghie troppo lunghe, tesoro. – Si prepara un'Iqos.
– C'è Aldo che vaga per l'isola – la informa Tapia.
– Che cazzo dici?
– Me l'ha detto Poldo...
– È un altro scherzo?
– No.
– Oddiosanto... Stella lo sa?
– Sai cosa credo? – Ciccio spegne la sigaretta nel portacenere tascabile. – Che la voglia ammazzare. Non sto dicendo che la ammazzerà... Sto dicendo che la ama.
– Hai detto che la vuole ammazzare, però.
– È proprio questo il punto. La vuole uccidere perché la ama. Ma non lo farà mai... Perché la ama.
– Fantastico – ragiona Guenda. – Glielo spieghi te?
– Che la squartasse – scherzo infilandomi i Ray-Ban di Ciccio che mi guarda e ride:
– Vaffanculo, ci ha già inculato mille euro a testa.
– Ha messo la barca – la difende Guenda.
– Ha messo la barca? – ripete Tapia. – Governa il mondo e vuole cavarsela mettendo una barca?
– Almeno mettesse anche il culo – dico spalmandomi il rossetto di Guenda sulle labbra.
– Poldo, sei ubriaco? – strilla lei sfilandomelo. Poi pesca in borsa un assorbente e corre verso il bagno ingoiando una Yaz. Tapia ride fino al sudore.
– Perché non vi fidanzate? – domanda riprendendosi gli occhiali.
– Io e Guenda?
– No, io e te... Coglione!
Gli bacio la mano, lasciandogli il segno del rossetto.
– Poldo! – Tapia mi guarda e stranamente non ride. – Perché scappi?

Cerco una risposta nella fila di pietre chiare che compongono il frangiflutti. Tapia si pulisce il rossetto rompendo il silenzio: – Allora? Cosa volevi dirmi?

– Cosa?

– Prima che Guenda si svegliasse.

– Ah, certo... Ieri notte... – "Ma io ti difenderò sempre, dovessi perdere tutto... Perché sei il mio migliore amico. Viva le puttane. Viva i bocchini."

– Poldo, cazzo, parla.

– Ieri notte hai dormito sull'amaca, vero?

Il primo giorno libri e quaderni non servono, ma almeno il diario e una penna o qualche foglio... Ci vuole fegato per varcare il cancello con le spalle leggere. E lui, oltre al fegato, aveva anche un pallone. C'era fumo azzurro nei suoi occhi. E io volevo fumare. Aveva l'aria vaneggiante ma le idee chiarissime. Un Tango sotto il braccio. Tapia. Questo era il cognome. Francesco Claudio J Tapia. La "J" gliel'aveva messa il padre. Un tocco esotico per ammorbidire il doppio nome. Ma dentro il Castello Francesco Claudio J Tapia era soltanto Tapia. Al massimo, qualche volta: Ciccio Tapia. Tapia, amico mio. Fedele compagno di zuffe. Amante della ricreazione e delle femmine. E del panino con la lonza, come me. Nella ciabatta calda di farina raffinata, al bar della scuola, con Linda che si appende al tostapane e la ciabatta che diventa piatta piatta. Perché ti piace così, come a me. Un euro e ottanta non ce li ho, allora "Segna, Linda". Le nostre liste lunghissime, Tapia. Gelati, panini, Tronky, Gris&Ciocc, Goleador, Frizzy Pazzy, Fruit Joy. I nostri denti. Le nostre carie. E la nostra amicizia.

DICIANNOVE

Qui nel mare c'è solo il mare. L'isola si perde alle nostre spalle dentro una foschia azzurra che dopo un po' diventa mare. La barca plana, sintonica come i muscoli, nella brezza tesa che preme la randa di gran lasco. Le vele perfette, regolate a puntino, da quel prodigio olimpico che sarebbe stato Dodo se non si fosse dopato di Clostebol. Trovato positivo, venne escluso da Beijing e passò al rugby. Veloci più del vento, procediamo lungo una VMG che fa scuola. Stella non ha sentito ragioni, appena ha saputo di Aldo ha voluto salpare.

"Soltanto in mezzo al mare sto tranquilla. Torneremo domani per il mio compleanno." Tapia beve Ruinart in pozzetto avvistando delfini che non ci sono. È mezzogiorno pieno, e se il vento non scende tra poco ancoriamo a Palmarola. Per ora nulla, a parte il mare. Alzo il bicchiere. E lo punto verso il mio migliore amico. Una raffica ci raggiunge. Lo scafo si inclina e gli occhi s'annacquano. La protezione cento spalmata sopra il naso. Il vento leva il caldo dalla pelle. Stella viene a sdraiarsi vicino a me. Mi tocca la cicatrice che ancora fa un po' male.

– Ti fa male? – chiede.

– No.

– Hai fatto tutti i controlli?

– Manca l'ultimo a settembre – dico fingendo un sonno enorme.

– Ma tu, Poldo, ci pensi mai che... Potevamo essere fratelli? Pensa che bello. Ti sarebbe piaciuto?

Non rispondo. Chiudo gli occhi e metto assieme i racconti: quelli di mamma, quelli di papà, quelli di Stella e di Pigi. Quelli miei. Chiudo gli occhi ancora più forte, finché cominciano a muoversi.

Mia madre, giovane più di me, beve un Campari al Caffè della Pace. Pigi Marraffa - slim fit a costine ocra - ride a ogni stronzata. Mostra a tutti una Montblanc rossa. Mamma fa il primo passo. "Cos'è, un sigaro" chiede, come fa lei, senza punto interrogativo. Pigi trova il coraggio: "No, è una penna, anzi sì... È un sigaro. Voglio dire: è un simbolo e quindi può essere tutto... Una Montblanc rossa... La portavano gli antifascisti nel taschino per riconoscersi tra loro. La vuoi?"

Pigi e mamma - crede Stella - rimasero assieme un anno. Non furono mai - racconta mamma - una vera coppia. Piuttosto - racconta mamma - l'estensione ormonale di un'amicizia nata a vent'anni. Pigi era orfano. Pigi è ancora orfano. "Non puoi smettere di essere orfano" disse un giorno. L'anno prima di conoscere mamma aveva perso i genitori. Sparirono, inghiottiti - mamma dice "inghiottiti" - nelle acque trasparenti della Polinesia francese. I corpi non vennero mai trovati e nemmeno i resti del charter. Nulla che ne certificasse la morte. Correnti marine e bare vuote. Pigi cadde in depressione - Serenase in gocce – fino a che, un giorno di maggio, il notaio lo informò di una casa. Serenase, venti gocce.

Quando vide l'attico di via Ripetta non poté credere ai suoi occhi. I giornali recavano date antiche. "C'era tanta polvere" racconta Pigi a mamma.

"Era evidente..." racconta mamma a Poldo, "che quella di Pigi fosse la prima presenza umana là dentro dopo tanto tempo." Marraffa Pigi parlava con la foto di suo padre: "Perché non dirmi nulla? A che scopo?" Le domande si accavallavano e c'era poco da rispondere mentre – crede Poldo – il cielo di Roma generava nuove, arancioni forme di conquista. Serenase, dieci gocce. Il giorno dopo Pigi conobbe mamma.

Ogni venerdì sera, durante i mesi estivi, finanzieri, massoni, pittori, dottori e trafficanti avrebbero varcato la soglia di quel terrazzo. "Marmellata umana" dice papà. Mamma non seppe mai il perché di tutta quella gente. Senza punto interrogativo come fa lei, un paio di volte chiese, ma la risposta, sussurrata, fu sempre la stessa: "Amici di famiglia." Serenase sospeso.

"La cosa bella di questa casa" le disse Pigi "è che si muove." Aveva vent'anni, quel giorno, la mia mamma. E non comprese. Ma cinque anni più tardi, durante una di quelle feste – dopo un numero esagerato di quelle feste –, capì esattamente ciò che Pigi intendeva. Affacciandosi per controllare la macchina, non ritrovò la via.

Un vecchio uscì dall'ombra, spiegando - racconta mamma a Poldo - che la pianta ottagonale del terrazzo, sviluppata su più livelli, era il segreto del gioco: "Lei è convinta di camminare dritta, ma in realtà percorre una curva. È mai stata in barca, signorina? È come dormire in rada. Non sai mai bene quello che c'è fuori quando al mattino ti affacci."

"Non sai mai bene quello che c'è fuori... Quindi stiamo galleggiando."

"Mbè, mi pare evidente," e con la mano indicò il mare di ospiti che scongelava davanti a loro. Un fumo di chiacchiericcio - immagina Poldo - mandava fuori tempo il labiale di ciascuno. Ballavano con la bocca - immagina Poldo - tacendo ogni parola, e quel vociare - immagina Poldo - era forse un disco in sottofondo.

Domandò mamma senza punto interrogativo: "Sa dirmi dov'è via Ripetta. Vorrei..."

"L'aquilegia: provi là dietro."

Era quasi uscita. Da dove? Dal cono d'ombra - racconta mamma - quando fu risucchiata: "Si chiama effetto rada..." Con metà corpo nella luce e metà nelle tenebre, mamma si voltò verso l'uomo che, ritiratosi ancora, non appariva più: "Le case che si muovono sono pochissime al mondo. I padroni si conoscono tutti... Il valore di questi immobili non è quantificabile, se le passano di padre in figlio. Assieme a tutto il resto."

"Tutto il resto..." rimbomba spesso in testa a Poldo.

"È stato un piacere conoscerla," disse mamma come nei film, "ora devo andare..." e gli indicò - scriverebbe Poldo - il bicchiere vuoto.

Fu papà - racconta papà - a riempirle il bicchiere. Fronte alta ma testa piena di capelli, naso grosso e morbido, peli scuri e occhi chiari. Un groviglio di contraddizioni ben mescolate. E in mano un Pergole Torte del '77 - "il primo di sempre," racconta papà.

A lei, lui piacque incredibilmente e per nascondere il rossore - pensa Poldo - azzardò una domanda - racconta mamma -, la prima che le venne in mente con il punto interrogativo: "Conosci l'effetto rada?"

Anche a lui lei era piaciuta incredibilmente e da subito e senza un motivo preciso tranne i motivi del mondo. Gli occhi, pensò, la profondità - aggiunge Poldo - viziata. Quegli occhi avrebbero potuto ucciderlo. E il presentimento che lo volessero accresceva il destino. Quegli occhi che scappavano e nei quali cascò per sempre:

"Non me ne frega un cazzo dell'effetto rada."

"Che segno sei."

"Sagittario."

"Ne ero certa..."

"Te credi all'oroscopo?"

"No... Anche se non sbaglia mai."

Papà fece un passo verso mamma - immagina Poldo - e sussurrando chiese: "Come si fa a non sbagliare mai?"

"Basta non cercare la verità."

... "Basta non cercare la verità," disse proprio così – lo ricorda mamma. Lo ricorda papà: "Basta non cercare la verità."

"Io sono un giornalista. La cerco ogni giorno."

"Mbè... Condoglianze."

"..."

"..."

Quella sera, tra un fiore di aquilegia e una volpe di marmo, si baciarono. Nell'identico punto dove, quarant'anni dopo, Aldo tenterà il suicidio – ed è Poldo che lo crede. Pure senza prove. È certo che sia vero.

"Potevamo essere fratelli... Ti sarebbe piaciuto?"

Stella mi guarda, attende ancora una risposta.

– No. In realtà preferisco così. Averti come amica.

– Hai ragione, è meglio. Certe cose tra fratelli non possono esistere...

– È vero che casa tua si muove?

– Eh?

– Casa tua. Gira! Lo sapevi?

Stella si passa il dorso della mano sulla fronte e guarda il cielo:

– Qui c'è il sole, Poldo. E tutto gli gira intorno. Perché?

– Rispondi.

– È tipo il Pentagono, Poldo...

– Rispondi.

– Che animale ero io?

Faccio finta di non sentire.

– Rispondi, Stella.

– Rispondi tu, Poldo.

– Il leone.

– Già. Ero la protagonista. Perché parli così poco di me nel libro?

– Quindi hai letto il libro?

– Lo finisco appena torno a Roma.

– Stai attenta a non vomitare.

– Perché?

– Perché casa tua gira! – ridiamo insieme.

– Basta! È un effetto ottico. Fattelo spiegare da mio padre.

Contrae gli addominali, inclina la testa e mi tira i capelli. – Guarda, Poldo! – sussurra. – Guarda! – indica il mare.

– Eh?

Quattro delfini galoppano accanto a noi accarezzando lo scafo, tagliano l'acqua come lama sulla carta. I corpi, levigati, sono un grande nervo. L'occhio, simpatico, è di tarlatana verde.

– Tapia! – strillo. – I delfini!

– È in bagno – urla Dodo.

Mi stendo fuori dalla barca. Una mano stringe la falchetta, l'altra batte forte sull'oblò.

– I delfini!

Ciccio vede la mia mano, intuisce qualcosa: – I panini? – grida in risposta.

– I delfini! – ripeto.

Esce dal bagno con il costume alle caviglie e un lungo pezzo di carta igienica incollato al culo. La puzza di merda divampa nel contrasto forte di luce e vento. La carta sventola schizzando merda. Guenda gattona ridendo, Edoardo si copre il viso. Ciccio sta per cadere e si aggrappa al timone che strapoggia. La prua si inabissa, la barca stramba. Il boma rasenta le nostre teste con la forza di un cannone. La randa è squarciata, lo strallo è divelto e s'arriccia penzolando in testa d'albero. Tapia, seminudo, una striscia di merda in fronte, saluta i pesci.

Pensò che il vecchio Toshiba fosse ormai da cambiare, ma quando un collega gli disse che nulla su quel computer ondeggiava, capì di non stare bene. "Emorragia cerebrale." "Ischemia." Con l'occhio che non si apriva e le gambe fredde, osservando il soffitto dell'ambulanza, intuì che se non fosse morto sarebbe rinato vincente. "Ho visto la paura e l'ho buttata via."

Nulla tornò più com'era: l'occhio, la gamba, la vita. Il suo corpo cominciava a zoppicare nel momento in cui la sua carriera spiccava il volo.

Mamma rimase incinta.

Papà fondò Il Deficiente.

L'anno dopo, eccomi.

Oggi, il giornale di papà è il più letto d'Italia. Ogni mattina i suoi articoli stroncano dirigenti corrotti, politici grassi e ladri di banane. Il popolo è con lui. Così, quando per certi intoppi della vita mi ritrovo a odiarlo, odio anche l'intero mondo.

~~*Dopo l'ischemia smise col fumo. Ridusse il vino. I crostacei. I supplì. E il mascarpone. Le gastroscopie che fa una volta l'anno sono buone, la pressione è perfetta, i polmoni chiari e il cuore leggero. "Con un cuore così" gli ripete Pigi "puoi incularti gli uccelli in volo." E gira lo schermo indicando la Tac. Papà se la fa stampare, la porta a casa e la contempla per ore. Forse è l'unico modo che conosce per guardarsi dentro.*~~

** L'editore insiste per levare questo paragrafo.*

Stella è furiosa. Promette a Tapia di fargli pagare tutto, fino all'ultimo centesimo. Ciccio le rinfaccia i mille euro di cambusa:

– Il vino chi te l'ha pagato!? – indica la prua. – Ti ho fatto la spesa fino a dicembre!

– Io ho messo la barca, coglione!

– Tu hai la barca! È diverso, vecchia mia... Tu hai la barca! – ripete.

Dodo si pulisce con un fazzoletto Lycia. Ha la testa bassa ma s'accorge dello sguardo: – Non ridere che ti meno.

– È anche colpa mia – si voltano verso di me. – Io l'ho chiamato. Lui stava al bagno... Sono io che...

– La colpa è di nessuno – prova a cavarsela Ciccio, – e mi sembra assurdo litigare in un posto così bello.

– Io stavo dormendo – sbotta Guenda, – non stavo con... un filo di carta nel culo che... – scoppia a ridere, – che... – ridiamo tutti tranne Stella, – che sventola!

– Bambini del cazzo! – urla. – Bambini del cazzo!

– Stella, ti prego... – Tapia spalanca le braccia in segno di pace.

– Lasciami stare! Figlio di puttana!

Guardo Tapia e sorrido. Come sempre faccio quando vorrei uccidere. Stella e Olimpia: se morissero sarebbe un mondo migliore. Più libero e dinamico. La spavalderia, lo scandalo, la sintesi viaggerebbero senza ostruzioni. Le cene sarebbero divertenti, l'arte feroce, il pensiero sconcertante e forse nuove ninfe sorgerebbero dalle nuvole. Lo stupore cesserebbe di accontentarsi, un altro e più temprato spirito sposterebbe i confini del dolore. "Vi era una nuova generazione che lanciava le antiche grida..." E forse anche noi, "una bella mattina"... Ma purtroppo muoiono sempre gli stessi. O i colpevoli. O gli innocenti. Mai gli inutili.

Nell'impossibilità di stringere il vento, caliamo le vele e accendiamo il motore. È quasi notte quando rispunta l'isola. La capitaneria è stata avvertita, veniamo trainati in porto sotto gli occhi di vecchi armatori abbronzati. Un manipolo di ragazzi osserva lo sbarco dal chiosco di un bar. Occhi viola e spritz annacquati ondeggiano ridenti al suono della musica che fischia dalle casse grigliando i timpani: ... "è terra de Deus. Vamos lá! Parapapapa"... Un ometto albanese, indossato il bansigo, si fa issare in testa d'albero. Dodo cazza la drizza mentre il marinaio fa leva sulle crocette. Recupera lo strallo sbrogliando un pezzo di ralinga. Il danno è minimo, circa mille euro. Paghiamo io e Tapia.

La Neretta salì sul pullman, e dopo un rapido appello fece segno al conducente. I motori si accesero insieme a un tremolio che percorreva l'abitacolo lungo i vetri e la scocca, fin dentro i nostri cuori. Scivolammo, direzione Genova, lungo la strada color tabacco.

Il terzo giorno, davanti al tubo delle meduse ebbi un dubbio. Nulla sembrava più essere. Delfini nuotavano dentro vasche brillanti come televisori. Sommozzatori portavano da mangiare a squali inappetenti. Che non facevano paura. E in un certo senso nemmeno esistevano. Tutto, in quel posto, era troppo nitido per esistere veramente. Era un'alterazione della realtà. Stordimento e metafora. Ottenuta attraverso i vetri d'ingrandimento delle vasche e un gioco di ombre studiato a puntino, con mani di luce così accurate da essere più persuasive della stessa vita. Consumai la macchinetta usa e getta. Ma quando, una settimana dopo, portai a sviluppare il rullino, le foto uscirono tutte nere. Tranne una. Tutte. Tranne una. Ed era giusto così.

VENTI

Alle quattro di pomeriggio una navetta della Wally accosta alla prua della nostra barca, i due marinai a bordo hanno una polo bianca con su scritto il nome dell'ammiraglia: *Susy*. Il carattere scelto è sobrio, si tratta di un Prestige Elite formato stampatello sfuggito all'ingerenza patologica di Susanna, la moglie di Pigi, cui è dedicato il panfilo.

Stella compirà trent'anni domani e per la loro prima e unica figlia, nata grazie all'intervento miracoloso del ginecologo di Hillary Clinton, amico di Pigi, esperto in cure sperimentali – che riuscì a fecondare Susanna nonostante una chiusura quasi totale delle trombe uterine; per la loro prima e unica figlia, erede legittima della Marraffa For Future, fondazione internazionale che sostiene la sanità pubblica nei paesi sottosviluppati, con sede a Londra, New York e isole Cayman; per questa figlia, prima e ultima, possidente incontestata di un impero che dai corridoi in vetro fumé di Goldman Sachs percorre la Silicon e il Nord Europa fino agli ammezzati di Mombasa e Taiwan; per questa figlia, tanto voluta, tanto sperata, futura amministratrice della holding immobiliare Marraffa Group and Co., il cui patrimonio – che include fabbricati quali Petronas Tower e Woolworth Building – ammonta a 14,7 miliardi di dollari; per questa amica mia, che adesso legge Čechov mentre sopra la sua testa, oltre la termosfera, un satellite spedito in cielo da suo padre con dentro una foto di lei bambina che succhia il Calippo viaggia intorno alla Terra a trentamila chilometri orari; insomma: per Stella, a mezzanotte, una squadra di circensi vestiti da draghi calerà in volo, legata a cavi invisibili, sputando fuoco sopra trenta candeline.

Stella, la faccia ombreggiata dalla grossa tesa in canapa del suo Maison Michel, posa il libro sul mento recitando ad alta voce l'ultima battuta letta: "Ho cinquantacinque anni, è ormai tardi per cambiar vita."

– Trigorin? – chiedo.

– No, Dorn! – risponde.

Mi passo un dito tra la gola e la cravatta cercando di allentare il mezzo Windsor che mi ha fatto Ciccio. Appoggiato al boma, Tapia azzarda un Balthus intorno al collo di Edoardo che si specchia con la fotocamera del telefono:

– È troppo grosso per i miei gusti – sostiene Dodo.

– I tuoi gusti? – domanda Ciccio. – Ti ho fatto il nodo più elegante che esiste.

– Però mi sembra tanto grosso.

– Non è grosso – replica severo Ciccio mentre Dodo si tampona le tempie con i polsini della giacca, – è importante. Non confondere la grandezza con l'importanza. Lo vedi questo Pratt-Shelby? – aggiunge indicandosi il collo. – Ti sembra bello?

Edoardo fa sì con la testa.

– No, Dodo! Non è bello. È mediocre. Ma è importante, perché ha una storia, perché ha un passato. – Aspetta un po' prima di concludere, il tempo di puntare lo sguardo in camera mentre il pubblico a casa pende dalle sue labbra: – Perché ha una tradizione!

Guenda esce dalla tuga con un Saint Laurent di taglio medio, brillante di paillettes in oro. Non indossa il reggiseno. Gli arti lunghi, ambrati e fini circondano il vestito incorniciandolo. Passa accanto al fratello: – Bello il papillon. – Dodo, rosso in viso, grugnisce una parola che solo io intercetto: – Importante.

Saliamo in navetta uno alla volta mentre il marinaio ci tende la mano: nessuno la afferra. Soltanto Stella, ultima a salire, accetta l'aiuto. Ha una valigia di vestiti che passa al mozzo. Lo yacht è fermo in rada all'altro capo dell'isola, nella baia più a sud.

– È previsto un leggero maestrale – afferma il ragazzo quasi scusandosi, – abbiamo ancorato un po' lontani.

– Moreno, corri più che puoi – ordina Stella premendosi la testa. – Attenti ai cappelli, voi! – grida forte nel vento apparente che va crescendo. – Se volano in acqua non ci possiamo fermare!

Mi passo una mano tra i boccoli scrutando Guenda, Ciccio e Dodo: nessuno di loro ha un cappello. E nemmeno io.

Sono a dritta sopra un divano impermeabile bianco e blu, dietro la schiena un cuscino color senape marezzata attutisce i colpi improvvisi dell'acqua. Guenda è accanto a me. Granelli invisibili di porporina si staccano dal vestito punteggiando le nostre facce. Ho scannerizzato la foto di Genova, ritrovata poco tempo fa in mezzo alla mia collezione di dépliant d'alberghi lussuosi. Stava nell'opuscolo dell'Eden, appiccicata all'immagine di un liquorista in smoking che serve champagne al tramonto. La giacca rossa di Guenda è leggermente troppo satura, il resto è perfetto. I colori non hanno perso vivezza. Gli incarnati sono freschi, i contorni netti. Come se tutta la vita delle altre foto si fosse condensata nell'unica immagine uscita da quel rullino.

Rintraccio la foto nella galleria e la imposto come sfondo: la mostro a Guenda.

– Dove stavamo? – urla strappandomi il telefono. – Dove stavamo?! – ripete ancora più forte.

– Campo scuola prima media – rispondo tappandomi le orecchie.

– Eravamo bellissimi... – grida Guenda. – I bambini oggi non sono così belli!

Un'ombra bianca mi tocca la faccia, penso si tratti di un gabbiano. L'ombra è seguita da un urlo. La festeggiata è in piedi nel prendisole di prua, ha perso il cappello. Moreno è costretto a percorrere un otto all'indietro accostandolo sotto vento, l'altro marinaio lo tira su col retino passandolo a Stella che lo strizza senza ringraziare.

La barca plana a trenta nodi sopra onde di mezzo metro e ogni volta che scende i nostri corpi si alzano. In quei secondi non abbiamo peso. Levitiamo, tra cielo e cuscini, riempiti da un vuoto che pulisce. Guenda ride. E anche questa è Storia.

Alte due metri l'una, in grafite specchiata, le quattro lettere del panfilo spuntano all'orizzonte riflettendo il sole: S U S Y. Ventimila cavalli portano a spasso centotrenta metri di acciaio. Nata dalla penna di Tim Heywood pochi mesi prima che morisse, *Susy* è la barca più grossa che abbia per armatore un italiano, nonostante quest'ultimo, per sue ragioni, preferisca battere bandiera olandese. La spiaggetta in teak si apre in due formando un posto barca dentro il quale approdiamo, altri marinai ci accolgono e, anche stavolta, Stella è l'ultima a scendere.

Nell'enorme salone stile Liberty, che per geometrie e arredi ricalca la loro casa romana, una squadra di operai legati a delle carrucole appende due palloncini a forma di numero 30 a un lampadario di quarzo affumicato. Il caposala ha radunato i camerieri in cerchio e dà loro le ultime indicazioni. Sono tutti in canottiera, nessuno è pronto.

Mi viene in mente una sera di molti anni fa quando Ciccio e io scavalcammo a notte fonda i cancelli del Foro Italico. Il campo da tennis era liscio come il velluto, le bottigliette ordinate nel frigo. Negli spalti, sopra i seggiolini verdi, opuscoli di quattro pagine illustravano la storia dei giocatori in campo. Tutto era immacolato, pronto per il giorno dopo quando la terra rossa sarebbe esplosa e i giornali stracciati e la plastica infangata. Ricordo che presi un Powerade blu, ci sputai dentro e lo rimisi a posto. E mi sembrò giusto così, in fondo: anche quello era un modo per bestemmiare.

I camerieri scendono a lavarsi mentre il bartender azzarda l'ultimo gioco di prestigio.

Una voce grida ruffiana il nome di Stella. Arriva dall'alto e per un attimo sono convinto che venga da uno degli operai appesi al soffitto. Mirko Sante Parrini, proprietario del salone di bellezza più prestigioso di Roma, è appoggiato al ballatoio sopra le nostre teste. Stella gli corre incontro mentre il parrucchiere scende la scala a chiocciola.

– Mirko, grazie che sei venuto! – Stella lo abbraccia affondando nella camicia in seta rossa di Mirko Sante Parrini, che per stazza ricorda Pavarotti. Una fragranza di legno e mela divampa dagli abiti dell'uomo. Riconosco il profumo, si tratta della collezione Macro Love a base feromonica molto in voga nel mondo LGBT. Il bugiardino recita: "Elettrica, diretta, inafferrabile, la fragranza Macro Love evoca la visione di un palco neogotico postmoderno con guglie destinate ad assomigliare ad antenne radio"...

– Amooore! – ulula Mirko. – Ma secondo te potevo mancare?!

Le passa una mano tra i capelli scoprendo l'attaccatura:

– Avete gli stessi capelli, tu e tuo padre. I capelli più belli che ho mai visto. Mamma invece no, sai... ha dei capelli bellissimi anche Susanna, però intendo... Più delicati, capisci? Tuo padre ha i capelli di un adolescente, invece... Gliel'ho tagliati anche a lui – aggiunge indicando un punto verso prua. Seguo il punto nel timore morboso che Pigi possa esserci. E invece no. Una scossa muscolare mi percorre la schiena.

Mirko Sante Parrini passa rapido gli occhi su di noi: – Ma ancheee? – chiede stirando le vocali. – No, loro sono pronti – risponde Stella portandoselo via. Rimaniamo soli senza aver detto ancora mezza parola. Una sigaretta casca a terra dal cielo, la fisso il tempo di una goccia, poi alzo lo sguardo: l'operaio rumeno appeso accartoccia un pacchetto di Marlboro rosse: – Era l'ultima, porco diu.

Provo a lanciargliela ma il soffitto è troppo alto e la sigaretta è troppo leggera. – Fumala te! – scandisce dopo il quarto tentativo fallito. – Mi scusi – chiede Tapia all'uomo, – sa a che ora comincia la festa?

– Noi ci abbiamo da lavorare fino a venti e trenta. Quindi sicuro no prima.

– Come venti e trenta! – esclama Ciccio mentre Dodo si sfila la cravatta.

– Abbiamo impostare cavi per drago... – ribatte l'uomo – Non possiamo fare male, sennò quello cade e muore.

Ciccio e Dodo si voltano lentamente verso di me. Capisco la domanda: – Minuto più, minuto meno... Sono le quattro e quaranta – rispondo senza guardare l'ora. Tutti e tre, ancora più lentamente, ci voltiamo verso Guenda che nel silenzio assoluto capisce la domanda: – Grammo più, grammo meno... Ne ho cinque, di Blue Dream.

Scavalco il bancone del bar rubando la bottiglia più fredda che trovo: una Stoli ghiacciata con l'etichetta in cirillico. La nascondo sotto la giacca. Cerchiamo un angolo appartato guidati da Guenda che passa da una camera all'altra aprendo porte coibentate. Gli ambienti si fanno sempre più intimi, piccoli studi per il carteggio, biblioteche, cantine termoregolabili incastonate lungo i muri e una grossa sala sigari con poltrone di cuoio marrone e tavoli bassi con sopra un catalogo di Slim Aarons aperto sul suo scatto più celebre: Cee Zee Guest nella villa di Palm Beach tiene per mano suo figlio Alexander che sta per accarezzare un labrador, alle loro spalle una piscina cristallina, un tempio greco, il mare. Conosco benissimo la foto, una domenica di fine gennaio all'imbrunire la guardai per ore pensando quanto i cani di allora fossero uguali ai cani di oggi. L'uomo è l'unica forma vivente che, oltre a morire, decade, pensai. E guai a non farlo.

Guenda apre la doppia porta che dà sull'esterno. Percorriamo il ponte aggrappati al parapetto, Dodo indica una riserva di cuscini disposti a semicerchio ombreggiati da un telo bianco teso fra due aste. Svito il tappo rosso, ingoio il distillato fino a sentire il fuoco, passo la bottiglia all'onorevole Tapia che la tracanna mentre rutto. Dodo è già sdraiato. Guenda sta rollando. Il fratello le apre la pochette pescando una fiala di plastica. – "Paradiso liquido" – strilla leggendo l'etichetta.

– È GHB, mettilo a posto... – ribatte la sorella in equilibrio precario mentre passa la lingua sulla cartina.

– Lo metto a posto, certo... Lo metto a posto qua dentro – Dodo si percuote lo stomaco teso come pelle di tamburo tracannando il liquido fino all'ultima goccia davanti ai nostri occhi spalancati.

Un gozzo a noleggio gira intorno al panfilo. "Chissà da fuori... Chissà quanto siamo... Chissà..." È l'ultimo pensiero che faccio prima di stendermi: "Elettrico, diretto, inafferrabile... destinato ad assomigliare ad antenne radio..." Un pensiero che profuma.

Dodo rotola su un fianco e si alza in piedi, stende le braccia verso di noi sputando un fumo nebbioso dentro il quale sparisce.

– Signore e signori! Bambine e bambini! Vecchie, froci, angeli e gatti... C'è qualcuno tra voi nel pubblico che sia disposto, anche per pochi secondi, a toccarmi il pisello?

Guenda e Ciccio scoppiano a ridere, io no. Mi ritorna in mente la scena al campetto da tennis: Dodo che mette il cazzo in testa al guardiano. Indietreggio sullo schienale rubando la canna a Guenda. Ingoio tre tiri d'erba profondissimi che raschiano lo stomaco. Tengo tutto, non esce nulla.

– Ebbene – continua Dodo, – se nessuno è disposto a farsi avanti, sarò costretto... a farmi avanti io.

Scuote le gambe come in un ballo tribale e salta sul divano avvicinando il pube alle nostre facce. Ciccio e Guenda ridono sempre di più.

– È pericoloso – biascico, – tuo fratello è matto, Guenda...

– Claudio J Tapia! – tuona Dodo indicando Ciccio che ride assieme a Guenda. – Ho scelto te! Toccami il cazzo, adesso!

Tapia posa la mano sul pacco di Edoardo palpandolo con gusto per poi ritirarla inorridito: – Che cosa hai fatto? – chiede smettendo di ridere. Dodo si sbottona i pantaloni, rimane in mutande. Guarda la sorella: – Chiudi gli occhi – ordina.

– Cosa? – domanda Guenda.

– Se il mio cazzo fosse un animale...

– Stai urlando! – lo interrompe Guenda.

– Se il mio cazzo fosse un animale – ripete Dodo a bassa voce, – che animale sarebbe?

Nessuno osa rispondere. Da qualche parte sopra di noi, nascosto dal telo bianco, un falco stride. Fisso un punto del cielo oltre la tenda e magicamente il falco appare. Volteggia radente l'acqua un paio di volte, plastico e armonioso, per poi cabrare nel cielo trasparente fino a scomparire.

– Una tigre! – urla Dodo. – Sarebbe un'enorme tigre del Bengala!

– Abbassa la voce! – insiste Guenda.

– E dove stanno le tigri, Poldo? – Poggia gli occhi su di me, che ricambio allarmato: – In gabbia... – sussurro.

– Risposta esatta, Poldino! – urla Dodo. – Hai vinto un panettone! – E si abbassa gli slip scoprendo il cazzo intrappolato dentro una cintura di castità.

Guenda si alza in piedi strillando, afferra la borsetta coprendosi la vista: – Levatelo subito! – impreca. – Levati quella gabbia dalle palle.

– Non posso! – grida il fratello facendo calare il silenzio. – Ho perso la chiave... L'avevo messa nel costume.

– Tuuoraaacispieghi... Tu ora ci spieghi – interviene Ciccio lottando contro una terribile secchezza orale – perchééé l'uccello-in-gabbia... HAI?

– L'ho fatto per Greta, la sera prima di partire. Per non tradirla, capite? – Una lacrima riga la guancia muscolosa di Edoardo, e forse è la prima volta che lo vedo piangere. Si rimette a posto i pantaloni sdraiandosi accanto a me.

– Io amo Greta... La voglio sposare – singhiozza.

Dall'orizzonte, intanto, sorgono le prime navette cariche di ospiti, come sottomarini alleati.

– Ci penseremo domani, Edo – lo rincuoro, – chiederemo a qualcuno del porto se ha un frullino... Non ti preoccupare, si risolve tutto.

Mi ringrazia nascondendo la testa sotto il mio braccio come se fossi sua madre.

– È il GHB – sussurro agli altri, – l'effetto...

Quando mi alzo Dodo sta già dormendo e russa pesante

spurgando droga dai polmoni. Intanto, qualcuno ha fatto partire la musica. Portata dal vento arriva leggera fino a noi. Tapia guarda il telefono:

– Sono...

– Sono le otto e quarantasei – lo anticipo.

– Quarantaquattro... – mi corregge mostrandomi lo schermo.

– Quarantaquattro... – rifletto. – Che strano.

Ripercorrendo la barca, ogni ambiente ha perso intimità. Nella sala sigari due vecchi spezzano un Cohiba parlando di Tiger Woods. Uno di loro simula un putt, l'altro guarda il culo a Guenda che procede lungo il corridoio affollato da camerieri che sbraitano ordini tirando su col naso. Saliamo la scala che porta al ballatoio in vetro. Sotto di noi, la folgorante corsa all'oro. Uomini e donne parlano consigliandosi tartine e sembra quasi di camminargli in testa. I più giovani indossano magliette Missoni e giacche fintamente rovinate. Ciccio e io siamo gli unici ragazzi con la cravatta, il che ci accomuna alla marmaglia, fin qui maggioritaria, di sessantenni imberbi.

Guenda saluta il proprietario del Bambu's Club. Un quarantenne dai capelli chiari, alto e magro, che deambula viscido con entrambe le mani nelle tasche del blazer. Allarga le braccia scoprendo una maglietta bianca con su scritto: FUCK TRUMP! La stringe forte aspettando che sia lei a staccarsi: – Ti pare che non c'era anche un Pech? – gracchia passandosi la lingua sul bordo del baffo.

– Adri... – ricambia Guenda, – ti trucchi o sei abbronzato?

Un fiore enorme si erge dal centro del salone superando in altezza il ballatoio. Prima non c'era. Osservo la punta, ocra e granulosa, simile a una pannocchia mangiata, *Fairytale of New York* divampa, per chi vuol sentirla, dagli amplificatori in legno. Sotto i miei piedi, la testa di Ciccio che nel frattempo è sceso e punta il bar. Mi avvio a raggiungerlo annegando nel traffico umano, ma quando sono sotto, spinto dalla folla che preme, Tapia non c'è più.

– Amorphophallus gigante – sostiene, con voce sicura, un vecchio accanto a me. Mi volto, convinto che ce l'abbia con qualcuno alle mie spalle, ma non c'è nulla, soltanto una lunga distesa di bicchieri. Quando ritorno sul vecchio i suoi occhi attendono i miei. Una scossa muscolare, la seconda, mi attraversa la schiena.

– Posso offrirti qualcosa? – scherza indicando l'open bar.

Accetto e ordino un Margarita: – Metà bicchiere senza sale, grazie.

Il ragazzo dei cocktail annuisce raffreddando lo shaker. L'uomo indica il fiore: – Amorphophallus Titanum, – specifica, – senza alcun dubbio... Senza alcun dubbio.

– È grande... – sussurro ad alta voce.

– È il più grande – mi corregge. – Viaggia intorno al mondo per tutta la vita e non troverai un fiore più grande di questo!

– E anche se lo trovassi – dico intonandomi alla voce del vecchio, – avrei perso la vita a cercare un fiore...

Il vecchio sorride... "Tu feccia, tu verme, tu piccolo frocio" canta MacColl: vocalizzi rarefatti riscaldano la folla ignara che dondola dentro una bestemmia gialla. Sono ubriaco.

– Come ti chiami?

– Poldo.

– Poldo Biancheri... – ripete il vecchio tenendosi la parola in bocca il più a lungo possibile. – Nome da nonno o da cane – sentenzia, – ma non da figlio.

Osservo il vecchio che avrà quasi novant'anni e mi soffoca il dubbio di essere davanti a Goleador alla frutta.

– È lei Goleador alla frutta?

Il vecchio intinge la bocca nel Pastis con la faccia incagliata di chi non ha capito. “Non è lui,” penso mentre il bartender entra in mezzo a noi reggendo una coppa Martini.

– Conobbi tua madre, parecchi anni fa a casa del dottor Pigi. Cercai di persuaderla a non frequentare quelle feste ma... evidentemente non ero credibile.

– Lei... È il vecchio uscito dall’ombra?

– “Il vecchio uscito dall’ombra”: è così che sono stato ricordato per tutto questo tempo?

– L’uomo che le parlò delle Case Volanti... È lei?

– Ho cercato di comprare qualche suo dipinto in questi anni, ma costano troppo per “un vecchio uscito dall’ombra”.

– Quella sera stessa, dopo averla salutata... Pochi minuti dopo... Mamma conobbe papà. E così, ogni volta che parla del loro incontro, lei finisce nel discorso.

– Se risultavo vecchio quarant’anni fa, vorrei sapere oggi cosa sembro.

– Perché non voleva che mia madre andasse a quelle feste?

Il vecchio abbassa lo sguardo e muove la bocca parlando tra sé. Questa timidezza stoica dovrebbe confortarmi, penso. E invece più il vecchio si umanizza assumendo espressioni imbarazzate, più vengo preso dall’incertezza circa la sua reale presenza. Il vecchio sorride.

– Ti piaccio? – domanda. – Ti piaccio così tanto?

Realizzo che la mia mano scorre sopra la sua testa confermando l’esistenza dell’uomo.

– Scusi!... Non so cosa faccio. È un periodo che... Ho degli strani spettacoli in testa. Volevo soltanto accertarmi...

– Strani spettacoli in testa, hai detto?

Annuisco finendo il Margarita dalla parte salata: – Perché non voleva che mia madre andasse a quelle feste? – ripeto la domanda.

– Tua madre era così giovane e infuocata... Era un’artista e lo capii subito. Mi sembrò un peccato vederla là dentro, in un posto dove non si fa altro che CONSERVARE.

– Io ho un'amica, sta qui da qualche parte. Si chiama Guenda. Lei vuole EVAPORARE.

– E allora scappate da questa barca – sorride il vecchio.

– Lei perché sta qui?

– Io?... – Il vecchio prende fiato. – Io sono soltanto: uno spettacolo nella tua testa.

In piedi sopra il divano, Stella balla. Riconosco Olimpia e Teo. Musica vintage celebra un passato che non fu mai. Mr. Brightside rinvigorisce sogni malmenati: borotalco e cipria sopra le fratture. Sono ubriaco.

Ordino tre Jäger Bomb. Scaglio i bicchierini di amaro dentro la Redbull ghiacciata. Passa un quarto di secondo prima che i liquidi reagiscano. Guardo quello stallo tra due sostanze incompatibili e penso che quello stallo siamo noi. Esuberanti, rigogliosi, disordinati. Siamo in verità l'equilibrio, il freno e il grande muro. Così, quando saremo sconfitti, perché saremo sconfitti, pace e ordine dilagheranno ovunque violentando ogni cosa. Siamo ciò che d'imprevedibile resta all'uomo. Mal torniti da contropunte spanate, carne e capelli: siamo l'unica speranza in comune che dio e diavolo abbiano mai avuto. Sono ubriaco.

La schiuma sale, ne bevo due. L'ultimo lo passo al vecchio.

– Che devo fare? – chiede.

– DevE bere senza fare – rispondo.

Il vecchio obbedisce, succhia fino all'ultima goccia e riposa la matriosca di bicchieri sul bancone chiudendo gli occhi.

Burro di Arachidi è in piedi davanti a me. Non l'ho visto arrivare e non credevo neanche stesse qui. Passano tre gocce di flebo prima che lo riconosca. Recupero con la gentilezza ma sono troppo stordito e anche lei, la gentilezza, mi sfugge di mano e si impossessa di me. Fuoriesce incontrollata. Goffa, volgare. Tuttavia Burro di Arachidi ha sniffato cocaina. Le pupille espanse e il naso umido. Questo padre di famiglia con dieci figli a casa, solito cantare a messa la domenica mattina, ha spinto almeno un grammo e mezzo. Mi tende la mano chiudendola a pugno. Ci salutiamo come i pugili.

– La verità è che sto perdendo colpi – strilla, – la mia memoria non è più quella di un tempo.

– Anche io – rispondo, – penso dipenda dall'estate.

– È il tuo libro!

Annuisco senza capire.

– È l'inizio del tuo libro – ripete.

Stella intanto casca dal divano. Si rialza barcollando. Sposta chiunque si frapponga tra lei e noi. Avanza. Vorrei dire a Brando di scappare prima che il mostro arrivi.

– L'ho letto in tre notti, Poldo! – Sillabando la parola: – Di-vo-ra-to!

– Grazie, Brando.

– Voglio subito sapere il confine. Qual è il confine?

– Il confine? – domando senza capire.

– Dove finisce la realtà e dove comincia la finzione... Il con-fi-ne!

Burro di Arachidi suda dal collo e vorrebbe sillabare il mondo intero con tutta la coca che ha dentro.

– Mbè... – Prendo tempo, il mostro è quasi arrivato. – Il confine...

– Poooldo – urla Stella, – dov'eri?! È tutta la sera che ti cerco...

– Pol-do! Pol-do! – ripete sillabando tra sé e sé il produttore.

– Vi conoscete? – chiedo a Burro di Arachidi, – lei è Stella Marraffa... Bravissima attrice.

– Poldo, così arrossisco – sorride Stella. – Diciamo che... mi sento viva solo quando recito...

– Mar-raf-fa? – ripete Brando. – La figlia di... – Stella annuisce. – La festeggiata!

– Sì... purtroppo.

– Pur-trop-po... Perché purtroppo?

– Diciamo che... non amo stare al centro dell'attenzione. Detesto questa cultura narcisistica fondata sull'apparenza. Detesto la mercificazione. Detesto ogni forma di pubblicità. Detesto...

Faccio un passo indietro e guardo il soffitto. I cavi preparati per lo spettacolo finale e, ancora oltre, il cielo stellato dove il satellite Marraffa vagabonda. Mi unisco pigramente all'inerzia della folla che tende, tutta o quasi, verso i cartocci di fritto. Ne mangio un paio guardando basso come un vecchio leone morente. Quattro ragazze commentano il meteo del giorno dopo:

– Domani sarà il giorno più caldo di sempre – dice la più brutta odorandosi l'ascella senza darlo a vedere.

– Ho paura – commenta l'amica. – I cinesi stanno inquinando il mondo.

– Anche gli indiani – mi intrometto, – e tutto il Vaticano che scoreggia sempre... Le mucche... Le mucche con le ascelle puzzolenti distruggeranno il mondo. Muc-che... Muc-che...

Penso a Edoardo solo che russa nel vento caldo. Mi congedo scivolando verso prua sotto i loro occhi smarriti.

Ho sbagliato strada. Sono salito troppo. Sotto di me il telo bianco teso fra le aste e ancora caldo per tutto il sole assorbito. Dodo riposa. Non lo vedo ma lo sento. Grugnisce irregolare. Sembra arrampicarsi sull'ossigeno, respirarlo violentemente e poi morire per pochi secondi nel silenzio assoluto. Due sagome guardano il mare, nella punta estrema della barca, dove la battagliola si annoda. Uno è Tapia, l'altro non lo so. Tapia gli mostra il telefono, poi lo rimette a posto. L'uomo gli batte la spalla, come si fa con i figli. Parlano guardando il mare. Da qui non posso sentirli, ma sembrano condividere un panorama bellissimo e vorrei essere lì con loro. L'uomo si volta, Tapia lo segue. La pedana che porta dentro è puntellata da piccoli fari incastonati nel legno, minuscole strisce di luce nella notte pesta. Tapia e l'uomo ci passano in mezzo e, per un attimo, l'uomo si illumina. Ha capelli densi e una giacca, credo, color sughero.

Una voce soffocata pronuncia il mio nome. Viene dal cielo, nel buio spesso che c'è sopra la mia testa. Alzo lo sguardo e, sdraiato accanto alle antenne, tra le parabole e i radar, c'è un ragazzo. Spunta solo il viso, completamente scuro nel controluce del firmamento.

– Poldo – ripete.

– ... Aldo? – rispondo.

Ride: – Mi hai riconosciuto, stronzone.

– Come hai fatto a venire?

Si tende verso di me passandomi un mazzo di fiori. Sono le rose dell'altro giorno, ancora più secche.

– Tieni. Aiutami a scendere.

Si aggrappa alla falchetta, gli afferro i polpacci, lascia la presa e caschiamo insieme.

– È una storia lunga.

– Abbiamo tutta la notte, Aldo.

– No, abbiamo mezz'ora! Tra poco arriva la torta.

– Embè?

Aldo si controlla il taschino:

– Scrivimi il biglietto. Devo dare queste rose a Stella.

– Aldo... Quando le hai comprate?

– Poco tempo fa.

– Aldo – gli accarezzo la testa e mi rendo conto che forse è la prima volta che lo faccio, – queste rose sono da buttare. Sono morte.

Gli occhi di Aldo si incantano, fermi nel vuoto come in un pranzo di molti anni fa. Un pranzo di molti anni fa.

– No, Poldo. Se le mette nell'acqua fredda c'è la possibilità... Me l'ha detto un vecchio in clinica. Acqua fredda e ghiaccio, Poldo.

Guardo i fiori. Provo a contarli. Arrivo a trentasei, mi perdo. È l'unico mazzo di fiori che vorrei ricevere, penso. Mai visto fiori così belli. Vanno al contrario: dalla morte alla vita.

– Sai, Aldo... Hai ragione. Sono straordinarie. E con un po' di ghiaccio torneranno rosse come il sangue.

– Metà ghiaccio e metà acqua, Poldino.

– Metà acqua e metà ghiaccio, Aldone.

Mi passa un biglietto di cartoncino azzurro chiaro.

– Scrivi qualcosa.

– Io? Non credo di essere in grado.

– Tu sei uno scrittore, Poldo: hai scritto un libro.

– E tu sei un poeta, Aldo: ti sei lanciato da un terrazzo. – Gli ripasso il biglietto. – Guarda in faccia quello che pensi. E dillo con le parole più bianche che trovi.

– Bianche?

– Semplici...

Aldo non insiste. Si spolvera il naso con la penna mentre il teak sotto i nostri culi ondeggia. Ci alziamo in piedi. Una botola si apre sotto la pressione di un angelo argentato che si rivela fluttuando. Chiudo gli occhi e quando li riapro l'angelo è sempre lì, trasfigurato in mostro. Ha denti aguzzi e pupille luccicanti in fondo alla bocca. Aldo ride. Un'altra botola si apre. Un angelo, ancora più grosso, salta fuori sbattendo le ali. Stringo il braccio di Aldo.

– Cos'è?

– Poldo, tranquillo. Sono i draghi.

Il mostro argentato si leva la testa scoprendo un viso umano.

– Qui noi. Qui noi. – Parla a monosillabi indicando un cavo di acciaio accostato al battiscopa che percorre il ponte lungo tutta la passerella.

Un operaio regge in mano la matassa di moschettoni.

– Ragazzi! Tornate alla festa: serve la strada libera.

Aldo scrive il bigliettino, lo rimette veloce nella busta e scendiamo insieme. Cammina spedito attraversando porte secondarie come un vecchio mozzo custode di stanze segrete. Mi chiedo come faccia a conoscere quel luogo così bene. Entra in un bagno: – A tra poco, Poldo.

Non rispondo. Mi tocco il viso: sto ridendo.

Il lampadario di quarzo affumicato si spegne assieme alla musica, ed è un richiamo all'ordine per la folla stordita che si raggruppa compatta sull'attenti voltandosi verso l'unica parte illuminata del grande salone: il fiore. Fasci di luce diegetica percorrono lo stelo e i petali mentre una musica apocalittica satura l'ambiente. Il volume cresce fortissimo. Poi, d'un tratto, il silenzio. La musica smette, nemmeno un sussurro, soltanto le onde del mare e un faro arancione che si accende. Il cono di luce scopre un gran coda Steinway apparso dal nulla. Il pianista è Lang Lang, qualcuno lo riconosce. Parte un applauso finché le lunghe dita dell'uomo cominciano a schizzare sopra i tasti. Apro Shazam: *Consolation No. 3a.* Liszt. La sonata lentamente si rallegra fino a farsi familiare, "Happy birthday to you...", mentre il faro si spegne e Lang Lang ritorna nel buio assieme a noi. Una nuvola di fuoco esplode illuminando l'enorme platea. Poi il buio spesso, e poi ancora il fuoco. Tre draghi argentati volano sopra un tappeto di facce incantate. Ogni membro dell'equipaggio tiene in braccio un estintore in caso qualcosa non dovesse andare. Il drago centrale viene calato verso il fiore con un morbido gioco di cavi, sputando fuoco sulla corolla. La pianta si consuma divorata dalle fiamme sacre. La cenere si ammassa nel vaso e le foglie si aprono rivelando una torta a cilindri alta più di Stella, che comincia a soffiare partendo dal basso. Un marinaio le passa il soffietto per raggiungere le candeline in cima e appena l'ultima è spenta le luci si accendono. Stella, accanto ai genitori, è in piedi sopra un palco che circonda la torta, allestito mentre i draghi volavano. Finalmente vedo Pigi, i capelli ondulati verso sinistra e la giacca di legno chiaro.

Una scossa muscolare, la più forte dell'estate, si fa tre giri intorno a Poldo mentre capisce che è lui, l'uomo con cui parlava Tapia: Ciccio e Pigi Marraffa, nella punta estrema di questa barca, guardano il mare e le rocce antiche. Perché?

– Grazie a tutti per essere qui – esordisce Stella fucilandomi il pensiero. Legge da un quaderno Monocromo che tiene in mano. – Oggi è un giorno molto importante per me. Da piccola ero felice soltanto quando camminavo lungo via Ripetta tra mamma e papà. Mi sentivo al sicuro. Purtroppo si cresce, ma io sono fortunata perché mamma e papà sono ancora vivi.

Pigi sorride sfiorandosi i coglioni. Susanna prova a piangere ma la chirurgia esfoliante contrasta il gesto. La pelle non basta e ogni volta che tenta le si apre la bocca come fosse una marionetta.

– Stanotte ho capito – continua la figlia: – devo stare tranquilla perché il giorno in cui, tra mille anni, non ci saranno più, potrò camminare in mezzo a voi. Voi siete la luce che illumina il mio futuro. Le nuove mani che mi terranno per mano. Voi siete i miei amici. E in questo che, tra un po' di tempo, ricorderò come il giorno più bello della mia vita, voglio dire gridando...

Stella fa un passo indietro, chiude il quaderno caricando il respiro: – Viva la vita. Viva l'amore. Viva l'umanità.

Durante l'applauso osservo Lang Lang. È accanto all'interprete che gli parla all'orecchio. Quando quello smette di tradurre, il pianista rimane immobile asciugandosi i palmi sulla seta dello smoking. Tapia è poco indietro, tra Olimpia e Burro di Arachidi, sgrana la bocca scintillante. Guenda mi abbraccia alle spalle, abbandonandosi con tutto il peso. – Ho rimediato una cocaina morbidissima... Aiutami a finirla, Poldino. – Le stringo forte il culo affondando il naso nella nuca. Rimango un po' nel buio e nel profumo, dove i capelli muoiono. – Amore... – sussurro, – andiamo a pippare. – E poi aggiungo: – Giallo... – E lei aggiunge: – Caldo... – Finché un urlo ci riporta al mondo.

Lungo e delirante, l'urlo è di Stella: indica Aldo, al centro della sala con il mazzo di rose in una mano e il bigliettino nell'altra.

– Chi lo ha fatto entrare? – sbraita. – Chi lo ha fatto entrare?!!! Portatelo subito via!

Il popolo si allarga lasciandolo solo. Aldo è davanti a Stella, senza nulla davanti. Pochi metri di pavimento lo separano dal sogno. E lui si inginocchia, nel silenzio profondo calato, come una tomba, sopra tutta la festa.

– Ti ho portato le rose. E anche questo... – tende il bigliettino azzurro mentre quattro marinai formano un cordone davanti alla famiglia Marraffa.

Un ragazzo ubriaco glielo sfila di mano leggendo ad alta voce:

Stella, amore mio. Sarebbe così bello essere giovani e sborrarti dentro. Tanti Auguri. Grazie. Aldo

Qualcuno ride. La risata si propaga sciogliendo i cuori più timidi. Molti applaudono pensando faccia parte dello spettacolo. Aldo placca il ragazzo e i due finiscono contro la torta, che oscilla ma non cade. L'equipaggio gli salta sopra. Aldo si rialza con potenza titanica e li scaraventa via. Prende il coltello accanto alla torta, lo brandisce allontanando le iene. È solo davanti a tutti. Provo a raggiungerlo ma è troppo lontano. La gente ha paura e preme in direzione opposta. Ma la gente non sa. Non saprà mai che Aldo può fare male solo a se stesso. Guarda Stella, poi torna a incantarsi. Gli occhi di Aldo si fermano, come in un pranzo di tanti anni fa. Tende il dito e se lo tronca.

L'indice destro, con cui per tutta la vita si è spolverato il naso, ora è per terra in un grumo di emorragia. Aldo attraversa la folla muta schizzando sangue ovunque. Sangue sopra la pelle e sopra i vestiti. Sopra le guance delle signore. Sopra il cotone colorato dei loro figli. Sopra gli strascichi e le camicie. Sopra le collane. Sopra i muscoli. Sopra i soldi e la gioia. "Vi siete rubati la guerra," penso. "Eccovi la pace."

Poi si siede guardandosi indietro. E contempla quel macello umano con lo stesso sorriso di quand'era bambino. Si lascia prendere senza opporre resistenza. Viene caricato su una navetta. Guenda, Ciccio, Dodo e io andiamo con lui. Aldo ha un canovaccio zuppo di sangue intorno alla mano e non sembra sentire dolore. Avvolto dal benessere, mi guarda sorridendo. Un marinaio regge un bicchiere di sale con il suo dito dentro. Guenda domanda se riusciranno a riattaccarlo e il marinaio fa un gesto con le spalle che significa tutto. Penso alla poesia di Aldo, sorrido anch'io e mi volto verso il panfilo: galleggia gigantesco emanando luce. Penso alla sborra. Quando la sborra scende e può macchiare. E inclini la pancia per tenerla sulla pancia.

Un'ambulanza della Guardia medica è parcheggiata sotto il faro. Aldo viene caricato sulla barella e portato via. Guardo la portiera chiudersi al rallentatore mentre due agenti della Finanza ci vietano di salire. L'unico che ritorna alla festa è Tapia. Guenda e io rimaniamo in porto. L'aria calda ci accompagna fino alla barca. Dodo cammina dormendo, senza capire nulla. Domani qualcuno gli racconterà la storia.

Guenda ora è accanto a me, sdraiata sotto gli stralli di prua.

– Quest'anno che verrà faremo palestra ogni giorno! – strillo. – Mangeremo sano, tanta frutta e pasta integrale. E berremo il vino bianco soltanto il venerdì e il sabato. E poi andremo al cinema due volte a settimana. Leggeremo i giornali ogni mattina, Guenda! Ogni cazzo di mattina!

– Certo, Poldo! E almeno tre libri al mese – aggiunge euforica dividendo due lunghe strisce di cocaina sopra lo schermo del mio telefono.

– E impareremo bene l'inglese! Cristo dio, Guenda, cinquanta K di scuola americana per dire "Really" e "Because"!

– Io ho sempre voluto sapere il francese, Poldino...

– Impareremo anche quello... E tutto ciò che è stato. Dalla scimmia ai giorni nostri... Guarderemo documentari ogni sera. Sapremo finalmente dove nasce il sale e muoiono le balene. Conosceremo ogni guerra...

– E le battaglie, Poldo?

– Anche quelle!

– E viaggeremo, Poldo?

– Un viaggio al mese, porca madonna!

Guenda ride fino alla fine dei polmoni. Penso ai polmoni di Guenda. E alla tosse che ora esce dalla sua bocca. Avvicina la droga a sé tirando la striscia più grossa. Preme la fronte per farla scendere e ricomporsi, poi mi passa il telefono. *A Rainy Night in Soho*, un'altra canzone dei Pogues, echeggia al di là del porto. E il lettore che dopo tutta questa notte, alla fine di questa notte, non senta, anche lui, ora, il bisogno di ascoltarla, non può continuare.

Poggio il naso sullo schermo che stranamente è freddo, le gocce battono in testa in dissonanza col cuore. Percorro la polvere e a metà del viaggio lo schermo si accende. Appare la foto: Guenda e io bambini sotto il tubo delle meduse, stretti in un abbraccio che non finirà mai e si confonde dentro i nostri piumini a vento. Lei è leggermente più alta, ha un sorriso che sta per nascere. E può esplodere bene o può esplodere male. La droga entra nel naso. Assieme alle meduse. E a Guenda. E a tutta l'infanzia.

VENTUNO

Non dormo. Le gocce in testa battono forte. Il tempo si restringe, densissimo dentro quel suono sordo. C'è solo il presente. Fastidioso, eccentrico presente. Il fumo della vita non riesce a scappare attraverso le piaghe del pensiero. Il pensiero non si forma. E senza pensiero non c'è il passato e nemmeno il futuro. Quindi è impossibile dormire. Ingoio due calmanti. Il cuore rallenta, l'angoscia si fa materia. Diviene solida, non più espansa bensì concentrata. Adesso è controllabile. Non sparisce. È qui, domani tornerà a liquefarsi penetrando ogni crepa. Per ora, intanto, si può dormire. Scappano i secondi, le unghie dei minuti stanno per cedere. Tra poco avrò, finalmente, abbandonato il Tempo, e quando non saprò più che ore sono vorrà dire che sto dormendo. Brillano nel buio, tra il cranio e il cervello, i fosfeni. Scintillanti puntini di segreti umani. Danzano come polvere di lana. E si toccano, brillano e si aprono. Brillano i fosfeni. Pretendendo la stessa parola: brillano. E nient'altro. Guai a cercarne ancora. Significherebbe svegliarsi. Ballando brillano. I fosfeni. Percorrendo avanti e indietro l'intera vita umana.

Squilla il telefono. Impiego qualche secondo per capire che ore sono. Non ci riesco. Prendo l'iPhone: quattro e zero sette. Goleador alla Frutta mi ha scritto. "Adobe o Final cut? Meglio Adobe, non trovi? Guarda che bel lavoro." Il messaggio si autodistrugge in sette secondi. Poi arriva un video. È la sera della zuffa. Un gruppo di ragazzi a bordo piscina. Riconosco qualcuno. Teo, il filippino, forse Olimpia. È tutto troppo veloce per mettere a fuoco. L'autore compie una violenta zoomata sulla nuca di un ragazzo che fuma erba da una bottiglia di Sprite. Il ragazzo aspira potentemente, passa il bong sputando nell'aria un fumo bianco e denso che annebbia la scena. Quando il fumo si dirada, il bong è in mano a Tapia. Il video dura tre minuti. Ha sette tagli e segue passo passo ogni gesto di Ciccio. Adesso è in piedi sul divano simulando *Big Fish* al gioco dei mimi. Si stringe il pacco e lo scuote, qualcuno indovina il film. Ora gioca a beerpong. Perde. Beve un grosso bicchiere di birra. Taglio. La cicciona sussurra al suo orecchio. Ciccio si ficca una mano in tasca, cerca qualcosa. La cicciona attende. Taglio. Il filippino si avventa su Ciccio. Fracassano il tavolo. Tapia si chiude a riccio, le ragazze scappano. Dovrei arrivare io. Taglio. Stuoie che fracassano la vetrata, il regista punta verso il cielo catturando l'elicottero che vola bassissimo. Taglio. La soggettiva, suppongo di un ragazzo che corre tra gli alberi assieme a tanta gente. Tapia sopraggiunge bestemmiando. ... "Finirete in galera tutti quanti, finirete in galera per tutta la vita." Nero.

– L'hai mandato a mio padre?
– Ancora no...
– Chi sei?
– Vieni al faro.
– Quando?
– Sai fare solo domande. Ahahah.

Ride allegandomi una foto: io e Tapia beviamo vodka appoggiati al parapetto del panfilo. Le nostre sagome sgranate ma riconoscibili nella dolce distorsione del teleobiettivo. Scendo dalla barca. C'è anche una farfalla che dormiva sulle giunture d'acciaio del tendalino. Vola via annaspando come un aereo d'epoca mentre un po' di sudore mi percorre l'osso del naso: lo porto sui capelli ammorbidendoli. Non guardo il cielo. Nelle trame del brecciolino un fiume d'urina scorre diramato in più punti. Percorro il viaggio fino alla fonte: una panchina piena di scritte. L'armatura imponente del faro si ridimensiona, da lì sotto appare così piccola da sembrare finta.

– Fermo.

Il timbro pesante mi prende alle spalle mentre calcolo il tempo d'eclissi. Sei secondi sporchi o giù di lì. L'uomo ha circa sessant'anni e un grosso naso schiacciato da picchiatore. La voce diafana, roca, tipica dei pugili e un'elegante giacca da sera sopra una maglietta nera. Ricorda, vagamente, il buon vecchio Paulie Gualtieri. La brillantina è fresca, appena messa, come d'altronde la rasatura ancora umida e contornata da piccoli puntini di sangue acceso.

– Ti ho visto mentre la guardavi, la mia piscia!

– Mbè. Chi cazzo sei?

– Sono... un amico di Clemente.

– Il padre di Guenda?

– Ne conosci altri?

Non rispondo. Faccio un passo indietro.

– La tua amica... ha nascosto qualcosa di molto importante.

Guenda e io, bambini. L'immagine arriva dritta in testa. Siamo soli a casa sua. La filippina dorme. Guenda prende il pappagallo di pezza per un'ala e mi chiede di seguirla. Attraversiamo il salone illuminato soltanto da piccoli oblò di luce incastonati nel parquet. Sposta il divano verso la libreria, sale sul bracciolo e butta a terra un intero scaffale di libri. Dietro c'è una cassaforte. Conosce il codice e mentre lo inserisce parla ad alta voce: 1 6 1 2 9 1. Con fatica afferra qualcosa che le scivola cascando sul divano. L'oggetto centra il cuscino e rimbalza sul tappeto. È una pistola.

– Cani? – sussurro.
– Cani. Molti cani.
– E che cazzo vuoi da me?
L'uomo mi pianta una schicchera sul naso. Gli occhi lacrimano. Un filo di sangue cola: – Non dire più parolacce.
Combatto la voglia di reagire pizzicandomi un braccio.
– Quei cani sono speciali – aggiunge.
– E perché? – lo interrompo.
Altra schicchera, altro sangue: – Ahia.
– Non fare più domande.

Lo guardo negli occhi. Smetto di fissare gli zigomi, un po' gonfi e un po' rossi, salgo un centimetro puntando la cornea. L'espressione è neutra, libera da qualsiasi inflazione morale. L'uomo non crede a nulla. Non v'è alcuna cattiveria in lui. Tantomeno bontà. Nulla a cui aggrapparsi. Nulla da raggirare. Soltanto il neutro incedere della natura. Quest'uomo ha ucciso, e come fronda al vento ucciderà ancora. Ucciderà Guenda.
– Sai contare? – chiede. Il sangue ha raggiunto la bocca. Sento il sapore, inconfondibile. Annuisco. – Dieci ore. Altrimenti il video...
– Posso farti un'ultima domanda?
– L'hai appena fatta.

Un grosso gommone sotto di noi accende i motori. Due uomini aiutano l'uomo a salire.
– Cosa ti fa credere – urlo – che mi importi così tanto di quel video?

Non risponde. Un tizio a poppa ammatassa la cima e mi osserva come se vedesse qualcosa che io non vedo. L'improbabile certezza sul mio destino galleggia via alzando i trim nell'acqua lacustre morbida come yogurt. La cervice rilascia scosse di calore che lentamente raggiungono il lobo frontale. Un lenzuolo mi casca addosso e passo la mano tra i capelli per levarlo ma il lenzuolo non c'è. La pressione insiste, cadenzata sul ritmo del cuore. Un due, un due, un due, un due... Mancano nove ore e cinquantotto minuti. Le gocce nella testa, mai così precise, sono in realtà gocce del cuore. E lo comprendo soltanto ora. Nell'estrema propaggine di un'isola dove l'acqua eterna del mare, ogni tanto, viene a morire. Mi sdraio a terra, alle pendici del faro, e guardo adesso il cielo che per filo e per segno ricalca la tela dei miei fosfeni.

VENTIDUE

Mancano quattro ore. Ho dormito troppo. Corro in barca nel caldo vuoto. Una vecchia affacciata a un balcone commenta il clima in un dialetto che non capisco. In sella a una Vespa, qualcuno le risponde sventolando una copia de *Il Deficiente* per farsi aria. Entro in barca. Guenda non c'è. Nella stanza di Tapia i fogli del mio libro sono sparsi ovunque. Il nome di Svastica è cerchiato con un pennarello rosso ogni volta che si ripete. Guardo i cerchi rossi con dentro quel nome e capisco di essere alla fine del viaggio. Si allarga il cerchio rosso e nell'incanto della visione mi sento rinfrescato. Vedo la mulattiera bianca che taglia il bosco fino al maneggio di Svastica. Vedo la Chatenet di Guenda la prima volta che varcammo il cancello. Guenda esce dalla macchina affondando i piedi nell'erba umida e quando si volta mi appare cresciuta. I capelli più chiari. Ha piccole rughe intorno agli occhi azzurri e uno sguardo sereno puntato sul mio. Non v'è più passato dentro questo cerchio rosso, soltanto vita nuova, fresca e inimitabile. Sono libero, finalmente. Vedo Guenda come non l'ho mai vista. È incinta e tiene in mano un mazzo di rose gialle, sorride mentre mi invita a seguirla. Siamo circondati da cani che ci corrono intorno. Sono i cuccioli rubati. Guenda continua a sorridere. E a camminare. E a guardarmi. Lentamente il suo volto muta. Un cane mi tocca la gamba, abbasso lo sguardo verso il mastino inglese che oramai è cresciuto e mi lecca la mano prima di accasciarsi a terra e morire. Quando rialzo gli occhi, Guenda ha partorito. Tiene in braccio una bambina che ha preso le cose più belle mie e le cose più belle sue. La bambina cresce e può camminare in mezzo a noi. Le mani di Guenda si fanno sottili e grinzose, cingono ancora il mazzo di rose che non perisce. Gialli come la scintilla, i fiori attraversano immutati l'intera vita che dolcemente decade. Nostra figlia fa un passo indietro mentre allatta un bambino. Guenda adesso ha i capelli bianchi. Ma è sempre lei. L'attaccatura è più alta. Ma è sempre lei. Non ha mai smesso di sorridere e lo fa anche ora mentre gli occhi le si gonfiano e la bocca trema per contenere una verità proibita. Smette di guardarmi. Smetto anch'io. Davanti a noi appare una lapide. L'ovale attaccato nel marmo incornicia la sua foto di ragazza e le date non lasciano dubbi. Guenda, vecchia e viva, si inginocchia davanti a Guenda giovane e morta. Piange posando i fiori ancora freschi. E io mi inginocchio accanto a lei.

Tapia esce dal bagno scrostando un pezzo di fumo secco dal display del telefono.

– Hai saputo? – chiede.

– Cosa?

– Oggi è il giorno più caldo nella storia d'Italia. In alcune zone faranno cinquanta gradi.

Alza il lenzuolo trovando un accendino Bic, prende una Camel, prova ad accenderla ma il gas è finito. Solo piccole scintille fatue. Rimane a fissarmi con la sigaretta spenta in mano:

– Perché sei inginocchiato?

– Tapia, ti capita mai di avere... degli spettacoli in testa?

– "Spettacoli in testa"? – ripete Ciccio ordinando velocemente i fogli dispersi per la camera. – No, Poldo... Io guardo la realtà, a me basta quella.

Prova a prendermi il foglio che ho in mano. Lo blocco.

– Perché hai cerchiato questo nome?

– Quale nome?

– Svastica!

Tapia tace. Muove la rotella dell'accendino che magicamente rinviene. Tapia osserva la piccola fiamma e piega il collo. Aspira modulando la forza quel poco che basta perché il tabacco prenda vita. Trenta gocce battono forte:

– Non lo so Poldo, l'ho cerchiato e basta. Comunque... Comunque è un gran libro.

– Ciccio, se non troviamo Guenda, il video...

– Il video?

– Il video, Tapia! Arriva a mio padre.

– Di quale video parli?

– Il video...

– Fammelo vedere.

– Non posso.

– Non puoi?

– Me li manda su Telegram in chat privata, si cancellano.

– Chi te li manda?!

– Goleador!

– Poldo, non capisco un cazzo.

– L'altro giorno, in barca, mi scrive al telefono un numero che non conosco. Si fa chiamare Goleador. Vuole che trovo i cani che Guenda ha fatto sparire. Quest'uomo ci ha seguiti, è sull'isola. Stava anche alla festa in piscina. Ha un video in cui ti droghi, bestemmi e vendi coca alla grassona... L'ho incontrato stanotte, mi ha dato dieci ore... Se Guenda non ci dice dove stanno i cani, manda quel video a mio padre. Dieci ore... Tapia. Dieci ore sono trentaseimila gocce.

– Come fai a sapere sempre che ore sono?

– Ho i secondi che mi battono in testa...

– “Secondi”, “Spettacoli” – Tapia mi gratta i capelli. – C’è anche del caffè in questa testa? Perché ne vorrei uno.

La macchinetta Nespresso lampeggia e non si carica. Tapia le tira un pugno. La Nespresso continua a lampeggiare.

– Minaccia me, ricattando te? Sono io che rischio... Perché questo Goleador non ha scritto a me?

– Con te Guenda non parla e loro lo sanno.

– E allora perché non minaccia te? Anche tu a quella festa bestemmiavi e ti drogavi.

– Non lo so... Ma se in quel video ci fossi io, non me ne fregherebbe nulla. E loro sanno anche questo...

– Quante cose che sanno...

Digrigno i denti. Tapia contempla il led che insiste a lampeggiare mentre corruga la fronte per poi rilassarla in un temporale di piccoli pensieri che nascono e muoiono.

– Lavorano per Clemente... – sussurro.

– Clemente chi? – domanda Tapia.

– Il padre di Guenda. Ne conosci altri?... Li ho visti in faccia, sono disposti a tutto. – Accarezzo la macchina del caffè che smette di lampeggiare. – Dentro quei cani ci saranno chili di roba e se non li trovano non si accontenteranno di sputtanare un giovane politico... Ammazzeranno Guenda, Tapia. La ammazzeranno.

– Ammazzeranno Guenda!? Ma se lavorano per il padre! Calmati, Poldo, – mi passa la mano nei capelli fino alla nuca. – Non ammazzeranno nessuno. E nessuno morirà... Questi sono soltanto spettacoli dentro la tua testa.

– Nessuno lavora per nessuno, in quel mondo.

– Di che mondo parli?

– Non il nostro, Ciccio.

– Ti sbagli, Poldo... C’è soltanto un mondo là fuori.

Dolcemente, mi sfila il foglio che tengo ancora in mano. Lo guardo un attimo prima di allentare la presa, è il finale:

... L'uomo sembrava non vedermi, finché Guenda lo abbracciò. Svastica la riconobbe dall'odore.

"Sono quasi cieco ormai, sono un cieco figlio di puttana, amore mio," scherzò.

L'uomo aveva una macchia scura a forma di croce uncinata in mezzo alla fronte.

Dopo pranzo ci portò nel bosco. Ci chiese di seguirlo senza dire dove. Ero il primo amico che Guenda portava da Svastica.

"Sono venuta qui altre volte, ma sempre da sola," mi confidò a bassa voce seguendo l'uomo. "Vorrei vivere qui, un giorno," mi disse, "e ci tenevo che lo vedessi. Vorrei vivere in un posto simile, Poldino. Un posto semplice in mezzo alle piante e agli animali. In mezzo alle cose che nascono e che muoiono." Rimase in silenzio per qualche passo e poi aggiunse: "L'unico modo per non subire il tempo che passa è diventare il tempo che passa. E questo è possibile solo in mezzo alla natura."

La guardai, mi guardò: "È una frase di Svastica," sorrise.

"Come l'hai conosciuto?"

"A piazza Navona" rispose, "ogni tanto va lì con un banchetto e si mette a leggere le mani."

Svastica si voltò verso di noi interrompendoci con un grugnito. Il bosco si apriva sopra a una radura di grano verde. Indicò un punto nel cielo.

"Lì c'è l'America" disse. "E da lì, vengo io."

Ci raccontò la sua Storia. Ci disse che era rimasto orfano presto e che la zia italiana che lo aveva preso in affido era molto religiosa. Lo portava spesso dai preti per via di quella strana macchia in testa che attribuiva al demonio. Ci disse che per diventare superiori servono due cose: una madre che ti ama e un'altra che ti odia. Pensai a Pamela e a mia madre. E pensai che Svastica aveva ragione.

Guardai Guenda: assorbita. Ascoltava, con occhi che non sarebbero più stati così puri. Dietro di noi, tutte le ragazze della comunità erano sopraggiunte cavalcando cavalli senza sella e assistevano a quel racconto udito migliaia di volte. Guardai il cielo in direzione dell'America. "Raramente," pensai, "raramente la Storia ha registrato, o registrerà, un esempio così alto e nobile di cura parentale."

Usciamo dalla barca e il caldo estremo ci casca addosso. Rimango immobile sopra il pontile che ondeggia, nell'assoluto deserto umano.

Forse il caldo l'ha seccata e Guenda è sabbia. Si sarà trasformata in qualche pianta grassa. Forse è diventata un pesce, è nel mare assieme ai delfini. O forse l'hanno già pescata con queste reti salmastre e adesso è morta sopra un letto di ghiaccio pronta per essere venduta all'asta delle cinque. Forse, chissà... Forse, domani potrò mangiarla.

Nessun ristorante ha apparecchiato fuori. Le strade sono vuote, i pochi negozi aperti hanno luci spente. L'isola è un ponte sopra l'inferno che soltanto Ciccio e io attraversiamo. Il caldo trucca le ciglia del pensiero, non rimangono che pezzi sconnessi di storia. Guenda non c'è, sembra sparita. "EVAPORARE," penso. "EVAPORARE."

Raggiungo l'ombra e rifiato. Attorno non c'è nessuno. Neanche Ciccio. Urlo il suo nome con poca voce. Una vecchia apre la finestra. Mi squadra come se pensasse: "Vorrei vederti morire." Socchiude gli scuri sparendo nel buio. Tapia esce da un bar che credevo chiuso. Sta mangiando un cornetto. Alzo il braccio per farmi vedere:

– Credo – dice masticando – che l'abbiamo trovata...

– Dov'è?

– Non lo so.

– Tapia... Vai a fanculo.

Ogni spigolo di carne scotta in maniera autonoma, gli occhi bruciano e conosco la sensazione. Parte sempre dalle gambe, l'abbandono. Non sono più tue, o meglio, tengono in piedi qualcosa che non è più tuo. Ogni pezzo di corpo va... Rimane il cervello, solo come la merda, orfano dell'unica cosa che aveva.

– Cristo pagliaccio, Poldo! Poldo? – Tapia mi strattona la camicia. – Che cazzo fai, dormi? Sei epilettico?

– Sto bene, Ciccio... Scusa.

– Guenda ha fatto colazione lì.

– Sicuro?

– Sì! Gli ho fatto vedere la foto. Cercava una macchina.

Il vecchio del noleggio apre un cassetto e tira fuori un mucchio di fogli ingialliti facendo cadere una piccola Barbie. Cerca la fotocopia del documento di Guenda mentre la bambola mi fissa. Alcuni pezzi di corpo sembrano squagliati dal caldo. La faccia ride nonostante un occhio abbia raggiunto la guancia. Quel giocattolo, sporco di almeno vent'anni, un tempo era nuovo. Legato con dei fili di plastica dentro una scatola rosa, dovette regalare una gioia immensa alla bambina che la ricevette in dono. Penso a quella bambina che ha la faccia di Guenda. E penso a chi ha creato la bambola. È un pensiero che facevo spesso da piccolo. Vedevo una vite per terra, una busta, un pezzo di quadro e da lì partivo, ripercorrendone all'indietro l'intera vita. Dalla morte agli antichi fasti, giù fino alla creazione. L'occhio della bambola torna nell'orbita, la faccia si ricompone, i capelli brillano, dai grumi di plastica in fondo alle braccia spuntano le dita, le mani rinascono, la pelle schiarisce. Ora è ciò per cui fu: giovane. I capelli di nylon lavorati in Giappone e trasferiti dentro grossi cargo color ruggine. Penso al capitano della nave che si svegliò all'alba e ai bambini di Taiwan che raffinarono la plastica per formare il corpo. E a quella plastica che fu petrolio nei deserti arabi. E penso all'operaio cinese che diede l'ultimo giro di testa intorno al collo e, prima di continuare, la guardò per un paio di secondi come cosa viva.

Il vecchio si leva gli occhiali e legge da un foglio:
– Guendalina Pic, Pac...?
– Pech! È lei. Guendalina Pech! A che ora l'ha presa?!
– L'ora? Non lo so. Devo controllare il bigliettino. Era molto presto. Mooolto presto. Voleva raggiungere Punta Incenso. "Ma dove vai con questo caldo?" ho anche detto. In realtà l'ho pensato e basta. Lei insisteva. Allora le ho consigliato un quad. È l'unico modo per arrampicarsi lassù.
– Ci dia un motorino a testa.
– Sono ottanta euro.
– Facciamo cento! – Tiro fuori la banconota e gliela metto in mano. – Però mi regala quella bambola.

Il vecchio afferra i soldi. Prendo la bambola e salgo sul Piaggio.

– Dio coccodrillo, quanto sei lento! – urlo a Tapia sgasando in curva mentre il fumo bianco si disperde, afferra sottobraccio la bestemmia e se la porta in cielo.

Quando raggiungo la vetta mi accorgo di essere solo. Ho seminato Tapia lungo la strada che scivola vuota alle mie spalle. Qui l'aria è delirante, turbini di renella bollente pungono la pelle. La bassa pressione ha colorato le nuvole che avanzano viola rasentando il mare. Il quad di Guenda è fermo dove la terra s'interrompe in mezzo a un cespuglio di porcellana marina. Rimane un nervo di sabbia, stretto e lungo, che percorre la cresta fino al promontorio. Guenda è lontana, compie piroette che mi appaiono sfocate. Urlo il suo nome anche se non può sentirmi. È matta, penso. Il caldo l'ha trasformata in un satiro danzante. Se il mondo avesse una coda, sarebbe lei.

La musica percuote la baia. *Electron Blue* dei REM esce a tutto volume da una piccola Marshall incastrata nella roccia.

"You're on your ear, the ocean's near... The light has started to fade..." La voce di Michael Stipe è quella di un angelo con le caviglie gonfie. Una enorme purezza, umiliata fino al difetto. Parla da solo, adesso, l'angelo, i diavoli sul bancone dormono e non lo ascoltano. Vomiterà, domani, l'angelo, e con le sue tasche lunghe e un mucchio di fogli sotto il braccio continuerà a camminare in un mondo ostile, rincorrendo elettroni blu.

– Poldo! Poldino mio... Balla con me... Voglio baciarti.

Guenda mi tira a sé e comincia a leccarmi la bocca, la ruggine acre della mescalina mi addormenta le labbra. Le stringo le guance per svegliarla.

– Perché stai qui? Cosa hai fatto?

Guenda mi russa tra le mani. Le gambe morte e il respiro che si interrompe. La scuoto, rinviene, mi guarda e dorme ancora. Forse esagera. Finge, la stronza, sicuro che finge. La lascio. Casca a terra sbattendo la fronte sul terriccio bollente. Una riga di sangue scende precisa, e per la terza volta in questa estate le guardo la fronte dove i capelli nascono. Guenda ride. Provo dolore, la sua ferita è mia.

Sorride mentre la tiro su: – Poldo... Sei tu? Oh, Poldo... Ci ho pensato veramente... Forse nessuno al mondo era mai riuscito a pensarci così... Veramente...

– Guenda, cosa dici?

– Poldo... Ma quanti anni abbiamo? – Si allontana con un salto.

– Devi dirmi dove stanno i cani, Guenda... Ti prego.

Per terra c'è un blister di Xanax. La N è consumata.

– Vomita, stupida! Vomita! – Guenda si prepara sulla mano una finissima striscia di coca. Riesce a farsene metà. La spingo di nuovo a terra, più dolcemente. Lei ride. Le prendo i capelli tirandola all'indietro... Spalanca la bocca e ride ancora più forte. Mancano ventotto minuti. Le ficco tre dita in gola: – Vomita, stronza! – Guenda mi morde. Sto per tirarle uno schiaffo. La mano si arresta a poche spanne dal viso. Il cielo si è fatto nero. La guardo negli occhi come lei mi ha insegnato. Lontanissimi tuoni fanno tremare il cielo, forse dio sta spostando i mobili. Poldo abbraccia Guenda. Ha ancora lo stesso odore di quand'era bambina.

– Lo dicevi anche te, Poldo. Ti ricordi?

– Guenda, cosa fai?

– Moriremo. Pensaci veramente... Io devo andare a farmi un bagno...

Si volta sulla pancia liberandosi dalla stretta. Affonda il viso nella sabbia e finge di nuotare.

– Che c'ha!? – arriva Tapia boccheggiante.

– Non lo so...

Mi inginocchio e ripenso a Pamela. "Non mostrate mai le spalle al pubblico" gridava la serpe. Cosa sarebbe mai successo se... Chissà? E penso al vecchio del campo da tennis. Dodo gli aveva messo il cazzo in faccia, a quel povero stronzo che sperava ci fosse un aldilà. Io no. Io l'aldilà non lo voglio. Perché non credo nella fine. E se tutta questa scatola avesse un obiettivo, allora impazzirei. Io credo nella guerra. E nel conflitto. Io credo nell'antitesi. Nella radicale dissonanza degli ardori. L'umiltà, il sentimentalismo, la carità servono alla morte per disegnare la vita. Ossa vuote di un potere che non sa più cambiare. Io non credo nella fine. La verità è un treno, la guerra il suo carbone e sono trent'anni, mamma! Trent'anni che giro intorno al pozzo. Nello specchio ribaltato dell'acqua scura ho trovato una via: audacia, sopportazione, sperpero. Quanta fatica, mammina, per saltare dall'altra parte. Ma non posso farne a meno, a costo di perdere tutto. Questa epoca che si crede conclusiva pretende Noi. Giacché la vita deve insistere, insisteremo Noi. Sperimentando di volta in volta l'opposto che essa impone, nell'estrema discendenza che qui siamo, il conflitto tra una morale che oggi È e un'altra che SARÀ deve tornare a vivere. E non potete nemmeno immaginare quanto Amore serva, finché saremo polvere e dentro questa tempesta annaffieremo pianeti che ancora non esistono.

Guenda si pettina i capelli, la pioggia scende portandosi via il caldo. Tapia si protegge l'Oyster con la mano, la mia camicia sembra carta igienica.

– Svastica è morto – sorride Guenda.
– Cosa? – Ciccio solleva la mano. – Quando è morto?
– Lo hanno ammazzato stanotte. Chissà cosa facevamo mentre moriva... Forse... Boh.

Tapia si inginocchia, io mi rialzo senza capire più nulla.
– Ciccio, spiegami! – Lo scuoto. È imbambolato e quasi piange.
– CICCIO! – urlo. "EVAPORARE," penso.

Una piccola pigna cruda mi arriva in testa. Mi volto, Guenda sorride:
– Poldo, dov'è il canguro?

ISOLA, ESTERNO GIORNO

Una ragazza esce di scena spalancando le braccia all'orizzonte sottile da questa punta di roccia, dove il mondo finisce.

È solo Guenda che cade.

È solo Guenda che muore.

PARTE TERZA

VENTITRÉ

Per tre giorni e per tre notti gli elicotteri della Guardia costiera sorvolarono le acque pontine senza trovare nulla, poi si arresero. Presi parte a un volo. Il mare dall'alto sembrava di cartone e le scie delle barche erano bellissime. Dopo un paio d'ore guardavo solo quelle, cercando di capire a cosa assomigliassero.

Al funerale misi una cravatta di lana gialla. Tapia passò a prendermi la mattina presto. Per tutto il viaggio nessuno parlò, cominciavo a mettere assieme i pezzi di quello strano scarabocchio che fu la nostra gioventù. Attraversammo Roma, settembrina e deserta. Ogni strada un graffio inutile. Davanti al bar Vanni, qualcuno vendeva tappeti. Ciccio rallentò lungo la via proprio dinnanzi al teatro da dove un vecchio pr del Jackie O' usciva grattandosi il naso, alle sue spalle riconobbi la strega dei biglietti. Aveva capelli ricci e neri, all'epoca. Ora le era rimasto soltanto il naso, reso ancor più grosso dai pochi fili bianchi sulla testa calva. Era molto amica di Pamela. Sovraesposte nel moralismo, dal cipiglio ministeriale, sublimavano i fallimenti di una vita parlando d'Africa a noi, bimbi fortunati, che ascoltavamo morendo sotto il sole. Guardai Ciccio che guardava davanti a sé sapendo che lo guardavo. Tirò dritto fino a Monte Mario, ridiscese la Camilluccia, prese corso Francia penetrando i Parioli con un giro insensato. Arrivò dove lasciammo morire l'uomo, aprendo i finestrini cominciò a guardarmi, io non ricambiai.

La camera ardente era lì vicino, e poiché il corpo non era stato trovato, il padre aveva chiesto agli amici di riempire la bara con oggetti legati a Guenda. Io misi il manuale Zanichelli e la bambola squagliata. Carezzai la Barbie sotto gli occhi semplici dei familiari. Quel povero uomo di Clemente Pech era distrutto. La sua era stata una vita sempre estrema, condotta al di là di ogni prudenza, eppure v'era qualcosa di purissimo in lui. Un chiaro istinto animale. Lui alla morte non ci aveva pensato mai, forse nemmeno la conosceva. Perché se la conosci non vivi in quel modo. Per Clemente c'era solo la vita, il resto non lo riguardava. Quando metteva i topini bianchi nella vasca dei pesci non pensava alla morte del topo, pensava alla vita del pesce. Perché se c'è solo la vita, se veramente c'è solo la vita, allora puoi fare tutto. Ma ora che la morte era arrivata, e l'aveva colto tremante e impreparato, ora che la vita mostrava i suoi limiti, ora non rimaneva nulla. Edoardo singhiozzava sulle spalle di Greta che gli grattava la testa come una madre.

Stella raccontò il primo ricordo che aveva di Guenda. Leggeva da un quaderno Monocromo, lo stesso della festa:

– Eravamo all'asilo, io non sapevo allacciarmi le scarpe. Lo chiesi a lei e rimasi scioccata. Sapeva allacciarle come un adulto. Il nodo era forte e non si scioglieva. Era precoce in tutto. È sempre stata un po' più avanti... Sembrava quasi che prima di nascere qualcuno le avesse spiegato come giravano le cose... E lei... lei ha scelto il giro opposto.

Durante i discorsi il vento non cessò mai. Come origami, mucchi di foglie secche volavano attorno a noi. Lentamente, a uno a uno e poi a grappoli, gli ospiti si congedarono e, mentre l'ultimo crocicchio di invitati aspettava in fila per le condoglianze, Tapia mi raggiunse. Né una lacrima né una parola m'era uscita fino a quel momento. Parlammo senza guardarci. Iniziai io:

– Sei tu Goleador alla Frutta?
– Sì.
– E quel cazzone al porto chi era?
– Un attore...
– Mbè, bravo.
– Stava pure alla festa. È lui che ha fatto il video.
– Quanto l'hai pagato?
– Come fai a sapere sempre che ore sono?

Una volta sola, nella vita di un uomo, capita di sentirsi così inibiti. Non c'era più niente che potesse invertire la china, il corpo di Guenda evaporato nel mare aveva aperto il vuoto e convivere col nulla era ciò che mi attendeva.

Dopo una consulenza con lo psichiatra che l'aveva in cura, il medico legale ricondusse i motivi del gesto a un vago "post traumatic stress disorder" per abuso di farmaci e droghe.

Guardai la foto sapendo che non l'avrei più rivista. Mai sarei tornato. Da oggi e fino alla fine, ero alla macchia. L'unica cosa che volevo era che tutti i miei ricordi esplodessero in cielo e che il mondo intero li guardasse. Soltanto questo mi avrebbe salvato. Ma questo era impossibile. L'arte pretende il dolore, e il dolore esiste perché esiste il silenzio.

– Caro Tapia, la differenza tra me e te... è che io so tutto, mentre tu non sai nulla. E ora raccontami quello che sai.

– Il padre di Guenda non c'entra un cazzo. È il padre di Stella che...

– Pigi? – Guardai Tapia che guardava a terra. Si schiarì un po' la voce prima di cominciare.

– L'ho conosciuto quando venivo a trovarti all'ospedale... Una sera mi ferma e mi racconta delle Case volanti... – Tapia accenna un sorriso. – Aveva sentito un mio discorso alla Camera. Diceva che le mie idee erano inconciliabili con quelle del Club, però avevo i requisiti fondamentali... Insomma ero intelligente, ho il miele... E soprattutto... Sono orfano. Pigi dice che nessuno sa tenere bene i segreti quanto un orfano. Ed è vero.

– Ha detto "miele"? – sussurro.

– Clemente procura a Pigi la cocaina migliore che esiste. Se la fa mandare dalla Colombia usando i cani come vettori... Quella roba era di Pigi. Tre milioni già pagati... Mi disse che se avessi trovato i cani sarei diventato io, Francesco Claudio J Tapia, il proboviro più giovane nella storia del Club...

Per tre gocce, Tapia sbatté i denti intonando una canzone.

– Cosa te ne frega del Club?

– Non ho scelta, Poldo... Io non vivo di spettacoli in testa! Io per vivere ho bisogno del mondo reale, e il mondo reale passa tutto per quel terrazzo. Pigi e Clemente sapevano che c'entrava Guenda e io sapevo che Guenda avrebbe parlato solo con te. Ma tu mi vuoi bene, caro Poldo... E me ne vorrai per sempre. Abbiamo entrambi il miele e lo sai anche tu... Avresti fatto di tutto per salvarmi.

– No... Io lo facevo solo per Guenda... Pensavo stesse in pericolo. Di te non me ne fregava un cazzo.

– Dal libro non sembrerebbe. A proposito, qual è il titolo?

– Ancora non c'è.

– Chiamalo... *Moderni*. D'altronde parla di giovani.

– Lo chiamerò *Moderni*.

Tapia sorrise stropicciandosi un sopracciglio: – Quella notte, in barca, leggendo *Moderni* ho avuto una folgorazione... "Guenda deve aver portato i cani in quel cazzo di maneggio in culo a dio" pensai. Ero certo. Lo dissi a Pigi. Il giorno dopo, all'alba, quattro uomini di Clemente hanno fatto irruzione. I cani erano stati operati e dormivano accanto a Svastica che non disse una parola mentre lo massacravano di botte... fino ad ammazzarlo. La droga era sparita e non fu mai trovata.

– Svastica è morto d'infarto. Ho letto ogni articolo...

– "Santone muore d'infarto in un vecchio maneggio abbandonato", cominciava così il trafiletto su *Il Deficiente.* Poldino – aggiunse Tapia con gli occhi lucidi, – il Club sceglie la Verità sulla quale tu piangerai sbattendo la testa, e quando comincerai a farti delle domande, il Club avrà creato altre mille verità nelle quali tu ti perderai. È uno spettacolo mille volte più forte di quelli che ti ballano in testa. È una recita, Poldino... E tu sei un grande attore.

– Potrei scrivere tutto adesso...

– Non lo farai.

– Perché ti confidi così tanto?

– Perché sei il mio migliore amico.

VENTIQUATTRO

C'è un posto vuoto tra ognuno di loro. La sala è grande e anche piuttosto silenziosa, a parte il ronzio di un televisore appeso al muro sul quale scorrono aforismi:

"Chi soffre per amore non ha mai avuto i calcoli renali." (Fabio Fazio)
"Una mela al giorno toglie il medico di torno. Basta avere una buona mira." (Winston Churchill)
"Il dottore mi ha detto di smettere di avere cenette intime per quattro. A meno che non vi siano anche altre tre persone." (Orson Welles)

Sono rimasto in piedi a fissare il plasma. "Se mi siedo muoio," mi son detto appena entrato. "Se mi siedo, metastasi ovunque."

Da quando è tornato il dolore, penso sempre al cancro. Ogni pensiero che faccio termina in un mare di tumori. Un gruppo di cellule manda a fanculo i principi mitotici che regolano l'organismo e tu muori. Scappano alla noia di un ordine che si impone ripetendo l'esistenza, e tu muori. Muori. Per un gruppo di cellule che si comporta come avresti fatto tu se fossi rimasto in vita, muori. Magro. Calvo. Giallo. Muori. Per un grappolo di organismo che all'equilibrio preferì l'eccesso trapiantando il buio nelle sequenze deduttive dell'eziologia, muori. Cancro anale, cancro all'uccello, cancro colon-rettale, cancro in faccia, al seno, alla vescica, al pancreas. Cancri che spariscono e poi ritornano. Cancri enormi di venti chili e cancri piccoli quanto un neo.

– Poldo?
– Sì.

Pigi Marraffa è in piedi davanti a me. La camicia azzurra sotto il camice bianco e un Datejust oro/acciaio da lavoro.

– Vieni.

Lo seguo senza parlare lungo il corridoio lievemente in salita. Mi fa accomodare su un lettino, mentre l'infermiera apre uno scrigno fumante di azoto e tira fuori il radiofarmaco da contrasto che mi inietta in tre lente ondate.

– Quand'è tornato il dolore? – chiede Pigi.
– Venti giorni fa. Circa.
– Ed è fisso.
– Sì.

Mi levo la camicia.

– C'è anche questo. – Indico una protuberanza al centro della cicatrice.

Pigi la osserva senza toccarla. Rimane in silenzio per otto gocce.

– Chiaro... Chiaro, chiaro, – mormora a se stesso. – Quant'è l'attesa?

– Almeno un'ora – risponde l'infermiera.
– Troppo. Fallo passare avanti.
– Certo.
L'infermiera acconsente ed esce, Pigi la segue rallentando il passo, temporeggia sull'uscio e mi guarda con un sorriso che pare innestato:
– Mi dispiace – dice, – mi dispiace molto per Guenda.

Rimango solo, prendo il telefono. Apro Instagram. Vecchi camerati postano i loro anni migliori, in sella a moto scintillanti o abbracciati uno all'altro davanti alle scuole: "Almeno noi tentammo – Vigna Clara 1990." E poi una foto al mare, corpi giovani e facce impudenti, Sandrino è morto: "Argentario 1994, Raccontaje chi semo e Rest In War, amico mio." Scorro il profilo e raggiungo il primo post che ha data 25 aprile 2015: l'obelisco del Foro galleggia in controluce mostrando la sua firma: DUX. Leggo la didascalia: "Liberate Stocazzo." Risalgo e guardo l'ultimo video pubblicato poche ore fa. Il camerata ha sessant'anni e qualche squarcio in viso, balla dimagrito al DC10 di Ibiza, eppure sotto la pelle ambrata e secca preme una bellezza che esce naturale, senza fatica, come poche cose al mondo. E fluttuo via in sella all'algoritmo. Modelle a gambe larghe avvertono che il mondo sta bruciando, il pinguino imperatore rischia l'estinzione ed è colpa di Trump. Tra after party e copertine *Esquire*, c'è sempre una troia struccata, mostra i brufoli per vincere l'Oscar: "Non abbiate paura di essere deboli" scrive. Tu non sei debole, penso. Tu sei un mostro: lucido, avido e razionale. Ma anche incredibilmente confuso, l'orrore negli occhi e le mani sudate. I Pariolini e le Parioline hanno quasi trent'anni, sdraiati sotto i baldacchini del Bracco a Mykonos festeggiano. Guardatevi nel cuore per una volta, e smettetela di fare a gara a chi conosce più persone. Smettetela di salutarvi. Smettetela di prestarvi i sogni. Smettetela di consumare i luoghi. Smettetela di perdervi in chiacchiere stupide. Avete sacrificato le possibilità dello spirito alla moda e all'imitazione. E questo è un peccato mortale. Anche l'amore in voi è un'allegoria. Siete la cosa più lontana che esista dalla radice di un albero. Il vostro attaccamento alle cose è disumano, volete tutto e non siete niente. Io brucerò dentro tombe affittate. Come possiamo andare d'accordo?... E poi nasi tumefatti, mascelle che deragliano e sangue ovunque. Tallonate, pugni, gole strozzate. Pugili da pay per view accanto a lunghi tavoli pieni di cash e orologi customizzati. Attivisti con i capelli sporchi ritirano Golden Globe immeritati davanti alle platee di stelle milionarie che ascoltano i discorsi sperando di commuoversi. E c'è chi ce la fa. Scorro in giù, più forte che posso, scappando da quei pianti. Approdo nel passato. La *Queen Elizabeth* riporta in patria quindicimila soldati americani ammassati come formiche sopra i ponti. Giovani guerrieri nel porto di New York con tutta la vita davanti, e ripenso a Guenda e a quello che disse. E al cielo grigio e neutro che dovettero vedere quei ragazzi magnifici, per l'ultima volta faccia a faccia col destino. Liberi, al di là del cerchio rosso.

– Poldo?
– Sì.

Un infermiere mi fa strada fino al tubo. Chiede se per favore posso abbassarmi i pantaloni alle ginocchia. Obbedisco.

– 'Na vorta all'anno – aggiunge prima di uscire, – intubbo pure tu' padre. Salutamelo tanto, io sono Mario.

– Mario, certo.

Inspira. Trattieni il fiato. Rilassati. Inspira. Trattieni il fiato. Rilassati. Luce verde, luce rossa. Luce verde, luce rossa. Mi rivesto e scendo.

Aspetto Pigi nel suo ufficio. L'ambiente è fermo nel tempo, parecchi cavi si ammassano dietro la stampante e i sistemi di trascrizione vocale. L'unico elemento dichiaratamente moderno è un foglio digitale appeso al muro su cui scorrono l'ora e qualche informazione. Sono le undici e quarantasette del dieci settembre e la temperatura è di ventisei gradi. Uno specchio rettangolare taglia in due la libreria. Mi guardo, sono abbronzato. Osservo le foto sparse ovunque. Pigi Marraffa accanto a filantropi, papi, cantanti lirici e grandi star. Pigi Marraffa in toga davanti a platee di laureandi. Pigi Marraffa blu cobalto, tra vescovi e capi di gabinetto, l'abito stirato, la cravatta sempre in maglia. Pigi Marraffa bambino, a Roma, nell'agosto del '63, tra suo padre e John Fitzgerald Kennedy. Ed è lì che il mio occhio rimane. Il sorriso appoggiato e i capelli sottili mossi dal vento regalano al bambino un'incredibile somiglianza con il presidente, tanto da convincermi. Pigi è suo figlio. Ora è tutto chiaro: la madre scopò Kennedy che per evitare scandali concesse ai Marraffa l'attico di via Ripetta, l'ultima Casa Volante rimasta invenduta per via di un misterioso blocco catastale magicamente scomparso pochi mesi dopo la nascita di Pigi. Il padre ne diventò proprietario entrando così in quel trust economico e morale che da anni combina i propositi più disparati del progressismo. L'utenza crebbe, le relazioni proliferarono e la Marraffa Immobil Group divenne presto un impero. Poi, all'alba di quarant'anni fa, una procellaria gigante aprì gli occhi stirando le ali sul nido per contare i suoi piccoli. Il sole sopra le chiome batteva forte e non c'era tempo da perdere. Il grande uccello cabrò oltre le palme sovrastando l'oceano in cerca di cibo finché un idrovolante dell'Air Tahiti sbucò da una nuvola. L'occhio arancione del pennuto dovette incrociare quello azzurro del pilota mentre i Marraffa guardavano, giù dal vetro, il mare cristallino. Mi tocco la faccia, sto ridendo. Oggi finalmente ho capito tutto, e che beffa, penso, capire tutto il giorno in cui muori. Guardo il foglio digitale appeso al muro e smetto di ridere, è il dieci settembre. Il giorno in cui, a detta di una cartomante, Guenda sarebbe morta. Penso al tatuaggio di Guenda e a quel destino fuso in inchiostro con il mio, oramai preda dei pesci. Mi tocco la faccia, sto ridendo ancora. Sono un pazzo che non ha capito nulla. E quella di Kennedy è soltanto una foto. Una foto in vacanza. E quello allo specchio è soltanto un ragazzo. Un ragazzo che oggi muore.

– Poldo – scandisce Pigi entrando, – sei sano come un pesce.

Rimane in piedi fissando il negativo sul pannello retroilluminato.

– È un'ernia di pochi centimetri, nient'altro. Dovrebbe stabilizzarsi, altrimenti la vaporizziamo con un piccolo intervento di coblazione. – Si siede slacciandosi l'orologio.

– Ernia? – domando.

– La barca sicuramente non ha giovato, Poldo.

– Sicuramente no... Pigi.

– Sono giorni molto difficili, Stella non esce di casa. Immagino anche il tuo dolore... Però credo che se venissi a trovarci sarebbe un bene per tutti.

– È Kennedy? – Indico la foto alle sue spalle.

Pigi non si volta, mi guarda per quattro secondi.

– Papà lo conosceva – sussurra, – amavano entrambi l'altezza. Le donne alte. Le case alte. Gli aerei.

– Un po'... Un po' gli assomigli, sai?

– Un po', in questa città, ci assomigliamo tutti, Poldo...

– Penso che ora andrò in qualche bar di via Veneto oramai decaduto, e sotto l'ombra, sperando di non incontrare nessuno, ordinerò un tè freddo al limone.

Mi alzo, raccatto la mia schiena dentro un cd e mi avvio verso la porta bianca.

– Poldo!

– Sì?

– So che Burro di Arachidi ti produrrà un film.

– Sì.

– Film... Libri... Quante cose vuoi fare? Spero che non ti venga mai la passione per la radiologia – sorride.

– Grazie.

Apro la porta.

– Sarebbe bello se nel tuo film ci fosse una parte, anche piccola, per Stella. Noi abbiamo dato, Poldo... Io e tuo padre siamo vecchi – smette di ridere, – ora tocca a voi. Dovete stare uniti! – Sorride ancora.

– Certo – dico. – Certo, Pigi.

Fuori nel parcheggio incontro mamma, ha sbagliato strada e ha fatto tardi. Trema.

– Allora? – chiede.

– Sto bene, mamma. È soltanto un'ernia.

– Amore! – grida abbracciandomi. E poi non dice altro.

Il sole schizza sopra i lunotti roventi delle macchine in sosta e rimbalza sulle nostre facce che si tingono di luce rossa. Da un cruscotto fumé vedo la scena come se non mi riguardasse. Una madre e un figlio, abbracciati in mezzo a un parcheggio, scherzano di coblazione e, toccandosi, tengono lontana la morte. Nessuno amerà mai più quel ragazzo quanto sta facendo quella donna.

– Mamma.

– Dimmi.

– Mamma.

VENTICINQUE

Elenco delle cose capite in questi trent'anni:

- Non puoi essere felice se tuo fratello è triste.
- La bellezza è nei capelli.
- Le persone molto brave a rollare sigarette sono pericolose.
- Il Rinopiteco dorato è un animale incredibile.
- Nessun uomo di valore potrà mai davero liberarsi di dio.
- La verità deve essere divisa in piccoli pezzi.
- Il rovescio a una mano non scomparirà mai.
- Scegliere poche persone e confidare a ciascuna un pezzo di verità.
- Mai raccontare a una sola persona tutta la verità intera.
- Le ragazze con la pelle rovinata sono le migliori.
- C'è qualcosa, in Aldo, che appartiene al futuro.
- Le attrici, troppo spesso, pretendono di essere libere senza avere idee.
- Maggiore è il dolore che sai sopportare – maggiore è il destino.
- Abbiamo grandi occhiali con cui guardiamo il mondo, e il colore delle lenti lo decidono le madri.

Guardo la pagina, c'è ancora un po' di spazio ma penso che possa bastare. Sfoglio l'agenda delle idee e non trovo nulla di buono. Solo una vecchia storia, scritta durante la degenza, mi appare salvabile. Si chiama *Guelfi e Ghibellini*:

Pietro (45 anni) dopo l'ennesimo licenziamento sceglie di rapire il figlio di un noto rapper italiano per riconsegnarlo ai genitori soltanto a patto che il cantante si cancelli per sempre da Instagram. Nell'ultima scena, Pietro ha ottant'anni e vive nelle campagne giapponesi. Un uomo di bell'aspetto gli porta a letto un bicchiere di latte appena munto. È il bambino rapito, oramai adulto, che saluta con un bacio sulla fronte l'uomo che l'ha cresciuto. Esce poi in veranda a guardare il cielo che albeggia mentre dall'altra parte del mondo, zigomi rifatti, il suo anziano padre biologico canta al Gay Pride sopra un carro di draghi: non accettò mai di pagare quel riscatto.

Mangio l'ultimo trancio di pizza ai funghi e guardo le macchie d'olio sul fondo del cartone. Scelgo la più tonda e ci firmo dentro. Tra pochi secondi saranno le quattro e trenta del mattino. Cambio penna, scelgo un'altra macchia d'olio e faccio la firma di Guenda. Ora sono le quattro e trenta. È da un po' che sono tornati i rumori in giardino. Oramai fanno parte della notte e della vita come le gocce che ho in testa. Esco in strada e guardo casa mia. La superfetazione nella quale abito, voluta da mio padre, è di un bianco più acceso rispetto al corpo principale. Ho provato anche a vivere in affitto ma non ne vedo il senso. Qui ho la piscina e un piano tutto mio. Durante il giorno non incontro nessuno, tranne qualche filippina di cui spesso non so il nome. Una fila di gatti randagi divora croccantini lasciati a terra dalla gattara del quartiere. La vecchia di fronte ha centotré anni ed è già sveglia. Appoggiata alla finestra, respira forte col naso odorando la vita che con gli occhi non può più vedere. Ha un sogno nel cassetto che mi confida ogni giorno: uccidere la gattara. La gattara ha sessantacinque anni. Una volta, quand'ero piccolo, mi disse: – Poldo, pensa che bello se la sera, tornando dal lavoro, trovassimo le strade, tutte le strade, piene di gatti che ci corrono incontro. – Non ero affatto d'accordo, ma sono sempre stato piuttosto comprensivo con la gente del quartiere, e le diedi ragione. Così continua a considerarmi uno dei suoi. Un fedelissimo, se posso dire. E lo posso dire urlando, perché, oltre a questa vecchia e alla morte che ho nella gola, sono solo.

– Un fedelissimo! – urlo.

– Chi è? – domanda la vecchia.

– Sono Poldo.

– Poldo! Che è successo?

– Mi ha graffiato un gatto – mento.

– Maledetti gatti. Gli appiatto. Col trattore di Michele. Sono troppi! Troppi!...

La saluto mentre blatera cose incomprensibili. A quest'ora Vincenzo sta preparando il gelato. Busso alla serranda, mi apre Stefano. Chiedo una sfoglia con la crema di riso e un caffelatte con il latte freddo.

– Che ci fai sveglio a quest'ora? – chiede.

– Non riesco più a dormire.

– E perché?

Vorrei parlargli di Guenda, ma Stefano ha perso il fratello da poco e non si può mischiare la morte con la morte.

– È il caldo, penso.

– Lo fa anche a me, sai? È il caldo – ripete.

Mi chiede quale pasta col riso voglio, ne scelgo una poco cotta. Ficca tutto il corpo nella vetrina agguantando la migliore.

– Adriano – dice, – Adriano entrava meglio... Io sono ingrassato.

Gran parte delle cose che so le ho imparate in questo bar. Il gusto, la selezione, l'ironia. Il senso del tempo e la dignità. Mi capita spesso, all'imbrunire, di incontrare Stefano che attende l'autobus all'ombra di un canforo. Ha sempre la stessa Polo nera e un viso imperiale sopraffatto dal grasso. Guarda l'orizzonte che filtra scomposto davanti al sole. Finirà per non vederci più, se insiste così. Cosa cerca nel fuoco quest'uomo? Non lo so. Io conosco lo spettacolo che offre: la più alta immagine di resistenza ghibellina che Roma possa ancora dare, l'attesa di un uomo generoso e pieno di estro in un mondo che impone la sua morale ipocrita, come se le idee possano esistere senza la vita. Come se la bontà, il sacrificio e le paste di riso potessero nascere al di là di una tempra eroica che rincorre il grande gesto. Ecco l'immagine: un uomo, immobile, all'ombra di un canforo, attende l'autobus fissando il sole. E in questa quiete c'è la speranza. In questa quiete c'è un ardore e c'è una rivoluzione. C'è un'anima che frigge nell'aderenza antica e cieca di un pezzo di carne con un pezzo di spirito.

– Grazie, Stefano.
– Grazie a te, Poldo.

Ritorno. Il cielo è viola pallido. La vecchia non c'è più. Nemmeno un gatto. Il silenzio asfissiante è interrotto da uno scrosciare d'acqua che cresce a mano a mano che mi avvicino a casa. Prendo un bastone e raggiungo il giardino. Mi levo le scarpe facendo passi brevi e lenti. L'animale ha un manto luminoso che ricorda la crema di caffè. Sotto l'ombra arborescente, un grosso cerbiatto beve in piscina. Le zampe anteriori sono arretrate rispetto al collo, e tutto il dorso è proteso verso l'acqua. Faccio cadere il bastone sopra una botola in teak. Il rumore echeggia per il giardino. L'animale resta immobile. Scuote soltanto un orecchio e continua a bere sentendosi protetto. Sale un vento fresco oltre la siepe di viburni bianchi e fioriti che di notte, da lontano, sembrano cimiteri. Il cerbiatto smette di bere e comincia a fissarmi. Cammina verso di me che non posso muovermi. La morte di Guenda la tengo sempre in gola, è rimasta lì. E non lascia passare l'aria. Il cerbiatto è vicinissimo, tendo la mano e lo accarezzo.

– Mi hai trovato – sussurro.

L'animale si alza sulle zampe posteriori e riatterra bramendo. Volta il capo. Supera i rosmarini e i cespugli di farfalle, calpesta una vecchia rella abbandonata ai confini del giardino e scavalca lo steccato perdendosi nei prati lunghi e scuri dei Parioli, dove il giorno arriva sempre un pelo dopo.

Respiro.

VENTISEI

Eccomi, scalzo sopra un tappeto di finta mucca. – Mi chiamo Poldo Biancheri – dico guardandomi allo specchio. Il pantalone di Armani è un po' stretto. Il cavallo preme sulle palle suscitando gli ormoni. Quando vesto elegante voglio scopare. Belli sono i giovani alla fine dell'estate. La pelle ambrata, i capelli pieni di sole. E, negli occhi, le vene. Abbottono una Brioni di cotone bianco partendo dall'alto, nascondo l'eccesso nei pantaloni e la metamorfosi è compiuta. Stella leggerà qualche passo del mio libro, che alla fine ha pure un titolo: *Fossili*. In copertina lo scatto dello spinello immerso nella cera. Foto di Guendalina Pech.

Penso che anche oggi metterò la cravatta di lana gialla. La voce di Ciccio rimbomba per casa. Scendo le scale, papà fuma una Heets simulando che abbia la cenere. È davanti al televisore: Tapia, spalle contro un gagliardetto europeo, commenta il proprio cambio di rotta. È passato un mese dal funerale di Guenda, eppure è diverso. Tanto da non riconoscerlo. Il viso è sporco di barba. Ha la pelle chiara, l'abbronzatura è sparita e forse usa una crema al cloro. Appare più dimesso e fiacco, ha perso parecchi chili, l'avida ferocia di un tempo, le labbra carnose e l'occhio scoppiettante sono nascosti con garbo.

Ora che la sua estetica ricalca le viscere soccombenti dell'umanità, nel giorno in cui il potere presuppone il naufragio dell'io, questo tapino innocuo privato dello splendore che fu, assopito e inerme. Questo corpo senza più un corpo. Questo corpo che è solo ombra. Senza brama e senza delirio. Senza chiodo e senza ossessione. Ora, dissipato nella modestia, Claudio J Tapia non esiste più. Quindi può comandare.

La giornalista ascolta annuendo. La voce di Ciccio scivola tiepida dalla bocca inesorabilmente: "Credo ci sia un tempo per tutto... La verità è una conquista che pretende molti errori. Penso di averne fatti già abbastanza. Ero troppo ambizioso, troppo preso da mille furie, troppo distratto, troppooo... Insomma: ero troppo. Poco tempo fa ho perso un'amica. Credo che quell'esperienza mi abbia... Cambiato. Credo che..."

Papà si accorge di me: – Lo sapevi? L'amico tuo... È diventato progressista.

– Ora smetterai di tormentarlo?

– Credo che smetterò di fare questo lavoro, invece...

Papà piega la testa. Afferra i braccioli della sedia. Sembra alzarsi ma rimane seduto, preme le vertebre sullo schienale. Prende fiato e poi lo butta via:

– Poldo, non capisco più nulla. C'è qualcosa in voi che sfugge. Tu... Sei mio figlio. So che mi ami... Eppure se ora tu prendessi un coltello da macellaio e me lo piantassi in testa...

– Una mannaia.

Papà ride: – Sì, una mannaia! Ecco, non mi stupirei. Se mio figlio, ora, qui, con un trinciapolli, pur amandomi... Mi cavasse gli occhi... Ecco. Non mi stupirei. Quand'è così l'unica cosa che rimane a un uomo è prendere una barca e allontanarsi dalla spiaggia. Finché senti solo il mare, e a quel punto ti giri e ti godi lo spettacolo... Ho quasi settant'anni e non mi sono mai goduto un cazzo. Voglio godermi lo spettacolo. Non chiedo altro.

Guardo papà ringhiando come un cane. Mi sbottono l'avambraccio della camicia, apro e chiudo il palmo. Il muscolo si gonfia. Carico il colpo fermandolo a pochi soffi dal viso. Papà sorride senza muoversi:

– Mannaia, ho detto. Non pugni.

– Mannaia?

– Non sei un tipo da pugni.

Lo abbraccio. Il Floyd the Genuine, che dal lontano '32 scortica carnagioni sensibili nella promessa di addolcirle, mi appanna la memoria. Papà indietreggia. Lo stringo forte per quattro secondi:

– Ora mi hai stupito... – ride.

– Se stringo un altro po' potrei ammazzarti.

– Non prima di esserci detti?

– Dimmelo te.

– Ti amo, Poldo.

– Ti uccido, papà.

Allento la presa, lentamente. Papà fa il contrario: comincia a stringere con forza enorme. Non respiro. Arriva mamma: – Vi rovinate i capelli.

Papà mi lascia, ha gli occhi rossi. Qualcosa è fermo in mezzo alla faccia, intrappolato da un rilievo di pelle. Faccio finta di non vederlo. E penso: "Ti amo, papà."

Si asciuga il viso con un gesto rapido che passa dalle guance ai capelli e finisce nel taschino del blazer. Tira fuori una Polaroid. Cinquanta ragazzi appoggiati al balcone.

– Guarda – dice, – è tuo fratello. Frequenta gruppi di estrema destra... È soltanto un bambino, Poldo. Io ho paura. Parlaci, ogni tanto. Ascolta solo te.

Leone è in giardino, ha la cravatta in mano, le guance rosse e la camicia sudata. Gioca a pallone. Conta i palleggi. Gli tiro un calcio al culo e la palla casca. Era arrivato a ventuno. Lui si arrabbia, io chiedo scusa. Ricomincia a palleggiare. Gli tiro un altro calcio al culo. Ride. Rido. Ride. Rido... Ride.

Nella foto, una cinquantina di ragazzi è appoggiata alla balaustra in legno di una vecchia baita fuori Roma. C'è confusione tra le birre e i tricolori, i corpi ammassati e i caschi branditi, eppure io so dove guardare. E infatti lo trovo subito. Si chiama Leone Biancheri, mio fratello, e se lo cercherete nelle foto di gruppo, guardate agli angoli. Starà lì, lontano dal centro. Ai bordi del mondo, con il mondo nel cuore e un sorriso frenato dal pudore, come un vestito stretto. In quest'epoca così ipocrita. Così maledettamente, spudoratamente ipocrita.

Da Capofaro a Santa Marina la strada è buia. Procede tortuosa, contornata di vegetazione, e il verderame sui vitigni riluce di argento dopo tutto il sole preso segnando il confine tra il cemento e il nulla. Prima di ogni curva papà dà qualche colpo di abbaglianti e se il buio non ricambia si allarga sull'altra carreggiata. Mamma è accanto a lui, non ha fatto in tempo ad asciugarsi i capelli, ha la testa fuori dal finestrino e la strofina forte usando il vento come phon. Al ristorante è ormai notte quando mamma si accorge di aver perso un orecchino. Io mangio involtini di pesce spada. Papà sembra dispiaciuto come se l'orecchino fosse suo. È uno smeraldo verde contornato di diamanti, mamma ci tiene tanto e papà lo sa. La cena finisce rapida, non mi lasciano ordinare il dolce, rientriamo in macchina senza dirci nulla. Parla solo mamma. Dice che papà le ha messo fretta e che se si fosse asciugata i capelli a casa non l'avrebbe perso. Papà non dice nulla: è vero, le ha messo fretta. Papà pensa sempre di essere in ritardo. Vorrebbe arrivare sempre cinque minuti prima anche quando arriva cinque minuti prima. Ritorniamo verso casa lasciandoci alle spalle bancarelle e ciucci di zucchero. Dietro di noi, tappeti elastici gialli e fischi di aria compressa. Martelli gonfiabili. Lattine accartocciate.

La mattina dopo c'è il sole e mamma è convinta di ritrovare l'orecchino. Saliamo in macchina, papà non crede sia possibile. È pieno di burroni e cespugli di capperi. Mamma gli dice di andare piano, si mette le mani nei capelli cercando di ricordare ogni movimento della sera prima. Sento il rumore dei capelli di mamma. Due grosse curve e poi il rettilineo. Papà, alla sua sinistra il mare, ogni tanto lo guarda, si distrae e accelera. Sento il rumore dei capelli di mamma. Eccolo. Mamma dice solo: – Eccolo. – Papà frena. Mamma indica un punto ai bordi della strada, dove in mezzo a piccoli cespugli di erba secca brilla qualcosa. Mamma scende, ha un vestito blu. Cammina verso il ciglio, si china e raccoglie l'orecchino. Torna sorridendo. Papà è incredulo: – Ho sposato una strega! – Mamma è felice. Siamo. Una. Famiglia. Felice.

VENTISETTE

Per strada cercando un bar non riconosco Roma. Quel quartiere, il mio, sembra cambiato tutto a un tratto. Per via di una strana luce al vetro, o per l'assenza di traffico. Per il manto appena fatto. Sarà il manto. L'aria è pulitissima, penso al *Tropico del Cancro*: "Non un granello..." Non un granello. Mezzo bicchiere di Pigskin con ghiaccio, lo bevo d'un fiato e poi risalgo in macchina. Parcheggio a via Mercadante davanti a Villa Clara. Villa Clara è di un russo, Tapia e io volevamo affittarla l'estate della maturità e dare grandi feste come Gatsby. Il russo chiese trecentomila euro e il progetto saltò. Il vecchio Francis Scott Fitzgerald, Scottie per gli amici... Lui sì. Il vecchio "Scottie per gli amici" nei mesi estivi alloggiava in una grossa villa in Costa Azzurra che pochi anni fa è stata venduta per venti milioni. Bella vita. Begli anni. Quando la ricchezza e il lusso e lo sfarzo e tutto quello che Poldo ama erano a portata di genio.

La matassa di viuzze che s'aggroviglia dietro via Paisiello e costeggia Villa Borghese fino al Parco dei Daini è piena di case bellissime. Alcune di queste sono rivestite di marmo e hanno grosse finestre rettangolari. Un'architettura essenziale con muri spessi e soffitti alti. Assai diversa da quella più fragile pastura organica di legno bagnato e parabole che si ammira sotto al Pincio percorrendo Trinità dei Monti. Un miscuglio di tetti che paiono toccarsi come navi in porto. Sono le spalle di via

Margutta. Perché Roma ha un davanti e un dietro e quando, inconsapevolmente, ti ritrovi a guardarle la schiena, tutta la sua magnificenza svanisce. E potresti tenerla in mano come si fa con i giocattoli.

La via del Sebastianello accorcia l'arrivo ma tradisce l'impresa. Tiro dritto. Perché Poldo Biancheri non prende scorciatoie e, se può perdere tempo, lo fa. Scendo la scalinata sgranocchiando una mentina, mentre vigili di madre puttana fischiano chi siede sui gradini a riposar le cartilagini. Volano i piccioni. Ancora.

Stella mi corre incontro, ha il mio libro in mano:

– Poldo, sei in ritardo, manchi solo te! Tua madre ti cercava.
– Tapia dov'è?
– È dentro – sussurra massaggiandosi una palpebra. – Ho qualcosa negli occhi, vero? – affonda lo sguardo nel mio. – Pensavo di leggere... Il finale! Che dici?
– Va bene...
– Dai, vieni! C'è anche Burro di Arachidi!
– Tuo padre?
– Non ha potuto ma... Poldo? Ti saluta... Poldo? Cosa fai?!

Solo ora mi accorgo che sto indietreggiando. Ho fatto venti metri verso una fontana alle mie spalle. Delfini di pietra sputano acqua. – Vengo, Stella. Vengo. – Volano i piccioni.

Stella Marraffa legge. E non diventerà mai l'attrice che crede di essere. Non mi va di dirglielo anche se le farei del bene, anche se gli amici servono a questo. Ma poi chi lo ha detto che servono a questo. La verità uccide tutto. L'amore e l'amicizia. La grandezza dell'opera è commisurata alla grandezza del sogno. Ogni vita compiuta pretende bugie. Testarde, essenziali e cieche. La verità è un'avventura che non si può esportare. Stella veleggerà nell'oro paterno, senza mai far nulla. Che lo sappia o no, quanto è incapace, cambia poco. Non ha il miele... Lei non ha il miele. Io invece sì. Lei no. Io sì.

Tiene i fogli su un leggio, cosa che le dà la possibilità di muovere entrambe le mani. "Bel pasticcio," penso. "Quelle mani dovrebbe ficcarsele in culo, allora sì che leggerebbe bene." E invece svolazzano impazzite accarezzando ogni parola. Prende lunghe pause e le occupa con sguardi improbabili. "Che schifo," penso. Poldo e Tapia avrebbero riso come cani, a questo punto. Dopo essersi scolati interi vassoi di prosecco, avrebbero lanciato noccioline contro l'attrice urlandole: – Scimmia! – Probabilmente sarebbe finita a pugni. Con la Sicurezza o con qualcun altro. Avrebbero poi vagato per Campo Marzio infilandosi in un centro massaggi. Avrebbero sborrato fissando un gatto della fortuna. Allo Scholar sarebbero finiti in qualche festa Erasmus. Avrebbero leccato morbide lingue americane. Infine avrebbero perso i sensi fumando cocaina deprotonata sotto gli archi del Palatino e lì dove Roma nacque, loro, per poche ore, sarebbero morti.

Sento una leggera puzza di merda, mi controllo le scarpe. Cerco Tapia ma non lo trovo. I fari in fondo alla sala mirano dritti sul palco. Io, Stella e Il-critico-che-fa-le-domande non vediamo nulla. La folla brulica silenziosa. Ora guardano tutti me, e penso che forse un po' di tempo è passato. Il canguro non è più scomparso. È tornato, ha vinto e adesso sta saltando. Le luci virano in blu tiepido. I fari in fondo si spengono e l'ottagono di led appeso sulla graticcia punta verso Stella. Riesco a vedere il pubblico. In prima fila Tapia mi guarda fisso. Sapeva che lo cercavo. Accanto a lui c'è Olimpia, si frequentano da un mese e sembrano già simili. Gli tiene la mano come la moglie di un dittatore. Ciccio si libera frugandosi le tasche. Tira fuori una

Montblanc rossa, se la sbatte un paio di volte sugli incisivi e senza mai smettere di fissarmi la infila nel taschino della giacca: Claudio J Tapia, giovane partigiano delle Case volanti. E anche questa è Storia.

Stella intanto legge:

La cameriera puliva i tavolini di marmo. Dopo tre morsi di cornetto, ancora niente crema. La cameriera, intanto, puliva i tavolini di marmo. Alzava il posacenere, passava la spugna e rimetteva il posacenere. Da sotto la visiera di un berretto scucito la vedevo avanzare sperando che mi superasse. I suoi piedi invece si arrestarono proprio davanti ai miei e fui costretto a guardarla. "Mi aiuti?" chiese. "Certo" risposi ficcandomi il cornetto in bocca. Alzai il bicchiere di caffè freddo e il corso di Storia Zanichelli Dal Medioevo ai giorni nostri. *Lei alzò il posacenere, diede una passata di straccio e lo rimise a posto. Guardai per un paio di secondi la macchia di umidità che andava stringendosi dai bordi verso il centro fino a formare un cuore simile a un cazzo. La marmitta senza diaframmi della Chatenet di Guenda cominciò a rombare da via degli Appennini. La macchinetta imboccò piazza Caprera girando due volte intorno alla fontana. Guenda scese con un mucchio di fogli sotto il braccio e un paio di evidenziatori colorati. "Carlo Magno... Che famiglia! Peggio della mia." Mi diede un bacio sulla tempia e morse il cornetto trovando la crema.*

Le luci si scaldano, un velo color seppia abbraccia Stella. Sto per vomitare. Il sassofono di John Coltrane potrebbe salvare la situazione. E per un po' lo fa. La purezza delle note riporta l'orrore a uno stato sopportabile. Quando, d'un tratto, Stella comincia a ballare. Il-critico-che-fa-le-domande (fino a quel momento con gli occhi fissi sul culo dell'attrice) mi guarda sussurrando una domanda: – Sai che ore sono?

Mostro l'orologio al critico-che-fa-le-domande mentre un

rivolo di tinta gli cola dalla basetta, si preme la pancia contrastando una colite e senza farsi vedere ingoia un Normix. La puzza è sua, povero uomo, si sta cagando sotto. Stella balla. Prepotentemente balla. Ignara del mondo, dell'universo e della merda intorno a lei.

Non ricordo con precisione dove e per quanto vagammo, per quali strade il pensiero si perse. Non ricordo neanche se fu detto chiaramente. Guenda cominciò a parlare di un posto. Un luogo magico nelle campagne romane dove un gruppo di ragazzi, poco più grandi di noi, viveva in assoluta libertà. Lessi ad alta voce la copertina del manuale: Corso di Storia. Dal Medioevo ai giorni nostri. *Capii che nessun antico pensò mai di essere antico, e che presto o tardi questi "giorni nostri" sarebbero diventati medioevo.*

– Ti rendi conto, Guenda, che io e te moriremo?

– Mbè, ovvio, Poldo... È la vita.

– No, Guenda! Ti sto chiedendo di pensarci veramente... Io e te moriremo!

– Poldo... Lo so che moriremo... Però prima c'è Carlo Magno.

– Guenda, fanculo Carlo Magno! Io e te un giorno moriremo!

Prese un sorso di caffè freddo e se lo tenne in bocca per parecchio tempo.

– In effetti, pensarci veramente è difficile...

– Io e te, Guenda... Io e te moriremo. Morirà tutto. Moriranno i giorni con Pamela, e il rumore di ghiaia sotto i nostri piccoli piedi quando mano nella mano camminavamo verso la mensa. Le palme del Castello, la valle dei serpenti, i capelli della Neretta e le notti a casa tua sopra il materasso ad acqua... I grilli che strillavano, sembravano assassini. Ti ricordi che paura? Moriranno i grilli. Morirà la paura. Io e te. Moriremo. E questo Zanichelli fermo ai giorni nostri, ai bordi del Lungotevere, dentro un camion di libri usati. Morirà.

– Poldo... Basta! Mi metti l'ansia...

– Guenda! Pensaci veramente! Moriremo.

Un'onda di vento e polvere ci travolse, Guenda teneva i fogli con una mano. Con l'altra si proteggeva gli occhi.

– Pensaci veramente!

– Cosa significa veramente?!

– Guenda! Veramente significa veramente. Ingoia la vita. Cosa rimane? Nulla! Pensa al nulla, guardalo in faccia. Noi non ci saremo.

– No, Poldo, è impossibile!

– E invece sì!

– No!

– Sì!

Il vento cresceva staccando l'edera dai muri. A uno a uno, i posaceneri di plastica caddero. Guenda lasciò i fogli, che salparono come piccole navi nel cielo estivo. Cominciò a ridere. Risi anch'io. Giovani, come forse nessuno mai.

– Cazzo, Poldo! Moriremo!

– Sì, Guenda! Moriremo! – Risi ancora più forte.

– Io e te, Poldo! Io e te moriremo. – Rise fino alle lacrime.

– Com'è possibile?

– Non lo so, Poldo! Nessuno lo sa...

Le risate quasi ci strozzavano. La mente non poteva più spaziare. L'intero circo del nostro intelletto guardava la fine. I pagliacci si inchinavano in bilico sopra grossi elefanti bianchi... Eravamo paralizzati.

Imboccammo l'Aurelia per venti chilometri. A metà strada il radiatore cominciò a fumare, Guenda prese una bottiglia d'acqua e la versò sul motore rovente. La macchina ripartì sterzando lungo una strada di campagna puntellata di pioppi. Vestite con abiti del secolo scorso, davanti allo scheletro di un cancello, due ragazze (una altissima) contavano i primi fichi dell'anno. Guenda si sporse per salutarne una. L'altra, il gigante, fece il giro della mac-

china e cominciò a fissarmi. Sulla polvere del vetro disegnò qualcosa. La Chatenet di Guenda ripartì varcando l'entrata. Guardai le due ragazze che mi lasciavo alle spalle mentre richiudevano il cancello. Ebbi il presentimento che la scena accadesse rallentata. Dal fondo del bosco, un casale cominciò a delinearsi via via sempre più grande. Fino all'inquietudine.

– Questa psicopatica ha fatto una svastica sul vetro, Guenda.

– Quello è il suo simbolo.

– Il suo simbolo?!

– Il cuore con dentro la svastica. Lui dice che... Non mi ricordo che dice. Tanto lo ridirà...

Guenda rise. Ma per poco.

Stella prova a imitare la risata di Guenda. Burro di Arachidi intanto si alza dal posto riservato in terza fila. Lo seguo risalire la platea con la schiena curva, sperando di non essere visto. Una ragazza gli apre la porta e il produttore esce quasi a gattoni nel rettangolo di luce solare che per tre gocce di cuore si apre in fondo alla sala come uno squarcio. Nel bagliore cristallino, la vecchia sagoma di un ragazzo che fuma. È in piedi nell'anticamera d'ingresso. Una mano fasciata, i capelli incolti, la camicia forse rosa. Le ante della porta si chiudono, il buio ritorna ingoiando ogni vita. Chiudo gli occhi e il cubo di luce è ancora lì, impresso nell'orbita simile a ghiaccio sintetico: Stella è dentro che legge, Aldo è fuori che fuma. E io? Io vorrei essere lì con lui.

Vapore agrodolce dalla cucina, e sotto il portico pietanze d'ogni tipo. Anguille secche, gamberi bolliti, crema di merluzzo, pezzi di polenta in salsa verde, filetti di salmone in salsa olandese. Crostini d'aglio e salsiccette al vino rosso. All'estremità del tavolo, due ragazze pulivano crostacei: dentro un secchio azzurro di acqua e limone scortecciavano le ostriche che venivano adagiate sopra un letto di ghiaccio posato direttamente sul legno del tavolo. Una donna preparava estratti di pera, menta e rum tagliando la buccia senza mai staccare il coltello. Il prato verde acceso circondava la casa fino al grande bosco. Erano trifogli e margherite. Trifogli, margherite e qualche papavero. Gruppi di ragazze uscite da Hanging Rock *occupavano il giardino con abiti color crema. Realizzai di essere l'unico maschio. La donna degli estratti suonò una campana d'ottone posata per terra, le ragazze accorsero ridendo. Occupavano i loro posti con grande disinvoltura, ognuna sapeva dove stare, e in poco tempo la lunga tavolata si riempì. Un grosso uomo dagli occhi azzurri uscì dalla cucina con in mano una marmitta fumante di riso cremoso. Le ragazze passavano i piatti all'uomo che dispensava porzioni generose ma mai eccessive. L'uomo sembrava non vedermi, finché Guenda lo abbracciò. Svastica la riconobbe dall'odore:*

– Sono quasi cieco ormai, sono un cieco figlio di puttana, amore mio.

L'ultima volta che pranzai con Aldo avevamo vent'anni. Era da poco passato a una cura per il sonno a base di Rivotril, che teneva sempre in tasca. Gli presi la boccetta ficcandomi quattro gocce in gola: sembrava tè freddo alla pesca scordato al sole. Eravamo in due. Prenotammo al Bolognese un tavolo per quattro. Volevamo stare comodi, e visto l'ingente quantitativo di contanti che eravamo soliti lasciare ce lo concessero. Mangiammo gnocchi fritti con la mortadella, insalata di bollito, mozzarelle all'olio di menta, tagliolini al culatello, guancia brasata, purè, carote al burro, spinaci croccanti, semifreddo di zabaione, bevemmo due bottiglie di Lambrusco e sette vodke: io tre, lui quattro. I ristoranti che suo padre possedeva, a piccoli passi, pezzetto pezzetto, scivolavano verso la decomposizione. Da poco tempo gli occhi di Aldo avevano cominciato a fermarsi. Si fermavano nel tempo e nella vita come davanti a un cadavere, contemplando la fine. Il telefono cominciò a squillare.

Guardavo il numero sconosciuto senza alcuna intenzione di rispondere mentre le ultime note monofoniche del millennio vibravano acute:

– Ti ricordi il Mozart? – disse.

– Aldo, certo che mi ricordo il Mozart.

– Lo abbiamo chiuso ieri. L'ha acquistato la Credem... Ti ricordi il cappuccino di Frabbotta? E il gelato di Pellacchia? Abbiamo fatto la stessa fine loro.

L'accenno a Pellacchia mi provocò un attacco di panico. Misi la mano nel cestello del vino prendendo una manciata di ghiaccio che mi spalmai in faccia.

– Era in perdita da quattro anni e papà era esposto con le banche. Quando è così, Poldino... Finisce sempre male.

Gli occhi di Aldo tornarono a muoversi, e dopo aver contemplato la fine scappò dal suo destino ricominciando a progettar sogni con la fiducia di un angelo:

– Il futuro, Poldino, è nella musica... Dobbiamo aprirci un locale... Io e te. E magari tiriamo dentro anche Tapia. La gente vuole solo bere e pippare. E stare nei posti belli. Hai notato? – si strinse nelle spalle guardandosi intorno, – è pieno. E lo sai perché? Perché stiamo a piazza del Popolo. Se stessimo a Labaro non sarebbe pieno.

– A Labaro c'è Garibaldi, Aldo. E Garibaldi è sempre pieno.

Gli occhi di Aldo s'arrestarono ancora. Voleva soltanto che gli dessi ragione. "Gli amici servono a questo," pensai: "a rendere vero tutto." Gli amici servono a questo:

– Sai, Aldo? È vero. Se il Bolognese stesse a Labaro domani venderebbe mutui.

– È così, Poldino mio.

– Già... È così.

Gli occhi di Aldo ripartirono brillanti avvistando un mondo che non sarebbe mai stato. Quanto a me, preso dall'ebbrezza, risposi al telefono che non smetteva di vibrare:

– Chiccazzè?

– Poldo? Sono Silvia, ti ricordi?

– Silvia chi?

– Silvietta.

– Silvietta il pinguino?

– Poldo? Sono Silvia Zongoli.

– Ho capito...

– Come stai?

– Ne *Il canguro scomparso* eri il pinguino.

Silvietta aspettò qualche secondo prima di rispondermi.

– Eh... Sai che non ricordo?

– Le recite di Pamela. Non te le ricordi?

– Sì certo... Penso che sì, forse ero il pinguino.

– Leva il forse, Silvietta. Tu! Tu eri il pinguino.

– Ah! È vero! – disse dandomi ragione senza sapere di cosa stessi parlando. – Comunque ti chiamavo per questo.

– Riallestiscono *Il canguro scomparso*? Mbè, io prendo 120K a posa.

– Pamela: sai che è morta?

"Pamela è morta." Mi ripeto la frase pensando che sarebbe un titolo magnifico per un libro di racconti.

– Io ero il canguro...

– Mi senti? Pamela è morta due settimane fa...

– Di cosa?

– Suicidio... Era depressa. Immagino sia tardi, ma... Oggi pomeriggio disperdono le ceneri in pineta. A scuola.

Affondai la mano nella tasca di Aldo pescando il Rivotril, versai quattro gocce nel Lambrusco: – Vengo.

Quando riattaccai, Aldo mi fissava spolverandosi il naso con l'indice.

– È morto qualcuno? – chiese.

– Pamela è morta. La mia maestra delle elementari, Aldo...

– Stavi alle elementari con Guenda e Stella, vero? A me Stella piace tanto... Bernardino, quel nano del suo ex, dice che lo portava a spasso per casa tenendolo per il cazzo. L'hai mai vista casa di Stella? Io solo una volta. Che casa incredibile. Ti immagini, Poldino, che bello? Essere trascinati per il cazzo in quella casa...

Il cubo di luce scompare, sento Stella che legge e non so più neanche cosa. Ho gli occhi ancora chiusi. Mi chiedo per quale motivo non ho messo nel libro il ricordo di quel giorno. Percorro la salita che porta al cancello della mia scuola elementare. Aldo mi cammina accanto fumando in silenzio. Tutto è molto più piccolo di come lo ricordavo. Soltanto una cosa è uguale: la staccionata. Piccola era e piccola è rimasta. Davanti all'entrata scopro una stradina che facevo ogni giorno. Era l'ingresso riservato ai pullmini, solo loro potevano entrare fin dentro la scuola e parcheggiare in mezzo alla ghiaia. I padiglioni sono dello stesso giallo slavato.

Stella legge, io ricordo.

Immergo i piedi nella ghiaia e raggiungo il muretto. In terza elementare un gruppo di operai passò l'intero mese di maggio a costruirlo. Alla fine il muretto era fatto. Nuovo. Quello stesso giorno venne un vecchio studente a trovare Pamela. Aveva vent'anni, credo, e la abbracciò davanti a quel muretto che ai tempi suoi non c'era, e che in quel momento era nuovo. Ora il muretto è vecchio.

Raggiungo la mensa entrando dall'uscita, il pavimento che porta in sala è umido. Un'inserviente mi guarda male mentre cammino in punta di piedi per non lasciare impronte. L'odore della mensa mi provoca un senso di oppressione che sento lungo tutto il corpo. Corro attraversando la grande sala, ed è l'unica cosa di quel posto che mi pare cresciuta nel tempo. Rimetto i piedi nella ghiaia. Aldo mi fa un cenno con la mano, lo raggiungo. In pineta un gruppo di insegnanti radunati a semicerchio, dentro giacche scontate, ascolta le ultime parole del prete. Non c'è nessun ragazzo, neanche Silvia. Soltanto io e Aldo. E Pamela... Pamela. Mi esce una lacrima. Piango.

Ed è l'ultima volta che ho pianto.

Quando riapro gli occhi vedo Stella che scuote le mani verso il pubblico incoraggiando applausi. Le facce sono tutte stonate, ho la sensazione che abbiano dormito. Il-critico-che-fa-le-domande è sceso dal palco e corre verso le porte a spinta infilandosi in un bagno. La gente si alza applaudendo, comincia a fluire nel foyer d'ingresso dove camerieri in livrea servono tartine e Franciacorta Ca' del Bosco. Non so più che ore sono. Mentre ricordavo Pamela, le gocce in testa sono sparite, lentamente ritornano.

Raggiungo mamma, che sta sgridando Leone. Lo ha beccato con un bicchiere di prosecco in mano.

– I miei amici bevono tutti – protesta Leone.

– I tuoi amici non prendono il Resilient e nemmeno lo Zoloft – ribatte mamma.

– Non è vero! Tutti i miei amici bevono e prendono anche gli psicofarmaci!

– Mbè, tu no! Che cosa volete diventare da grandi? Come quei matti che guardate nei video?

Le poso una mano sulla spalla: – Mamma, hai visto Aldo?

– Amore è stato bellissimo! – mi sussurra abbracciandomi. – Leone! Te lo dice anche Poldo. Non puoi mischiare l'alcol con le medicine. – Mamma mi guarda sperando che io dica qualcosa.

– No... Non si mischia l'alcol con le medicine. È una cosa che fanno gli stupratori. E tu non sei uno stupratore. Vero, Leone?

– Poldo! Ti ho chiesto una mano! – borbotta mamma e Leone ride.

– Mamma, hai visto Aldo?!

– Sono anni che non lo vedo.

Burro di Arachidi spalanca le mani minacciando di abbracciarmi. Mi afferra il viso e ripete il mio nome tre volte: – Poldo, Poldo, Poldo.

– Sono contento ti sia piaciuto... Brando.

– Non solo mi è piaciuto ma penso sia pieno di spunti per un film incredibile. Andrebbe girato come un falso documentario. Una sorta di Borat, però... Più intellettuale. Sai chi potrebbe fare tuo padre?

– No.

– Gian Maria Volonté... Se solo fosse vivo.

Stella, alle sue spalle, mi guarda tremante sperando di essere notata. Apro la bocca cercando di rilassare i muscoli e vorrei tanto una pasticchetta di Zoloft, penso che forse Leone ha qualcosa appresso, mi guardo intorno ma non lo trovo.

– Brando, ti ricordi Stella Marraffa? È una bravissima... attrice.

Brando si volta inarcando le sopracciglia con un movimento di busto così lento e progressivo da scantonare nella farsa. Affonda gli occhi su Stella che diventa rosa come un maialino e le tende la mano senza dire nulla. Stella si aggrappa all'arto disposta a tutto, ha le tempie unte, le guance accaldate, sembra un cane. Uno di quei barboncini che ogni tanto sogno.

– Grandissimo piacere conoscerla – singhiozza Stella.

– Marraffa... Marraffa? – chiede Brando.

– Sì...
– Pigi?
– Sono la figlia. Penso che ci siamo già incontrati alla mia festa...

Tapia mi prende sottobraccio portandomi con sé verso l'uscita.

Fuori la via è piena di ragazzi che manifestano, un coro ogni tanto si alza: "Siamo noi! Siamo noi! Il futuro siamo noi! Barboncini di domani! Barboncini nuovi eroi!" Una ragazza con la bandiera dell'Europa stampata in faccia ha in mano un cartello che avverte: "Rispetto più Orgoglio più Marijuana più Accoglienza uguale Barboncini". Le iniziali sono colorate in rosso e formano la parola ROMA.

– Non eri tu che sognavi i barboncini?
– Sì.

Tapia ride scrostandosi una caccola dall'occhio, si lascia sfilare la Montblanc senza opporre resistenza. Sul fermaglio in oro bianco è inciso il nome:

Claudio J. Tapia, 444° Membro

C'è poi un fiore che riconosco subito, in filigrana accanto al nome. – Amorphophallus gigante – sussurro.

– Chi sono questi? – chiedo indicando il corteo.
– Ragazzi... Niente di più. Si fanno chiamare Barboncini perché, come i barboncini, credono di essere piccoli e intelligenti...
– Ciccio, ti posso chiedere una cosa? – gli rimetto la penna in tasca. – Perché? Perché tutto questo?

Dall'altra parte della strada scorgo Aldo, è in mezzo alla folla che gli scorre accanto ignorandolo. Fuma dolcemente, un mezzo sorriso stampato in faccia mentre osserva il mondo attorno a lui con spirito lieve e lieve saggezza. Ha il Barbour di suo padre e la camicia a righe di suo nonno, i pantaloni di lana grigia presi da Zingone ai tempi della scuola. Esco dal teatro chiamandolo. Aldo mi sente e scappa. Risale controcorrente la folla che grida: "Onestà!" Viene spinto a terra da un barboncino livoroso. Aldo si rialza, continua a correre verso Ponte Sisto, puntando il fiume. Urlo il suo nome che si perde nell'aria vibrante. Una Mini che vende RedBull inchioda suonandogli, Aldo tira dritto senza voltarsi, la ragazza lo insulta mentre il corteo approfitta per attraversare. Stormi di uccelli si sciolgono e s'addensano in cappelli, funghi, frecce e visi di madonna. Quando riabbasso lo sguardo Aldo non c'è più, e l'assenza è così immediata da farmi credere che fosse una visione.

I ragazzi mi sbattono addosso, sono ovunque. Hanno occhi iniettati e musi caprini. Qualcuno sembra l'aquila, qualcuno la giraffa. E a un tratto tutto è chiaro. Sono loro, eccoli: i figli di Pamela. Salgo sul parapetto urlando il nome del mio amico, che forse non è mai esistito. I giovani, sotto di me, scorrono lenti e regolari, hanno sorrisi enormi e simboli di pace disegnati sulle facce. Ma io non vedo questo. Io vedo mostri. In quelle facce, in quella pace, in quei sorrisi: mostri! Nudi e senza fondo. L'ipocrisia come metodo. La menzogna come abitudine. Codardia, mediocrità, intolleranza ricoperte da valori posticci e totalmente ereditati. Sono peggio dei loro padri, e i loro figli saranno peggio ancora. Ogni epoca ha una parte che decade umiliando i suoi frutti migliori dietro materassi di bontà. Conformi alla regola che nulla nasce se nulla muore, sorridono portandosi dentro un'invidia lunga secoli. Oltre l'Isola Tiberina una fila di platani s'infuoca. Il caldo torrido incendia Roma che sembra bombardata. Camionette di pompieri attraversano i ponti a sirene spiegate. Ecco la guerra. Finalmente la guerra. Spingo i piedi sul parapetto in travertino e poco più in là, accanto al tallone, leggo una scritta:

Il nostro sistema non sarà deduttivo,
vivremo in un mondo di inferenze interrotte
e dall'antica menzogna germoglieremo
la nostra Verità.
Noi siamo Iperborei.

Sorrido in bocca al fato e a tutte le stelle che hanno portato qui, adesso, i miei piedi dove portarono qui, un tempo, le mie mani. Ora devo scegliere. Da una parte il fiume, dall'altra i figli. Guenda scelse il mare. Io sceglierò il fiume. L'acqua mi aspetta infuriando contro vecchi barconi abbandonati. E nonostante tutto i pensieri sono semplicissimi: penso all'aldilà. Il pavimento è di nuvola, il soffitto è di cielo. E non ci sono orologi. Mi chiamo Poldo Biancheri, tra poco non saprò più che ore sono. Le gocce si dilatano fino a toccarsi. Guenda è seduta sopra un divano bianco, sorride. Tende la mano. Poi la ritrae.

VENTOTTO

L'aldilà? Io non voglio incontrarti nell'aldilà. Cosa me ne frega di rincontrarti su una nuvola con delle ali da pagliaccio e lo sguardo distante? Io voglio incontrarti qua. Solo qua voglio incontrarti, dove il corpo fatica e l'imbarazzo ci tormenta. Qua dove le finestre vibrano quando passa una macchina e i palazzi crescono come alberi e gli elicotteri dragano l'aria platinata del tramonto mentre ogni tanto qualcosa affonda. Qua! Dove si muore. E dove si ama. E dove si ama proprio perché si muore. Vernaccia, malva e capperi: profumi carnici al di là dell'isola. Monogrammi di porporina sopra il viso delle ragazze. Stringhe di epistassi, raffiche di aposematismo, sfoglie di luce organica e flanelle neurolettiche. Le scie delle barche lasciano vene in mezzo al mare come righe sui polmoni. Allora rimango qui, perché sempre è stato: vivere e non godersi mai nulla. Abbiamo un compito, noi. Un compito impossibile: distruggere, creare, distruggere. Simboli su simboli oltre lo stato dell'ansia. La nostra gioventù non conobbe la morte. La nostra morte conoscerà l'infanzia. Fanculo. Amen. E fanculo ancora.

Poldo Biancheri

RINGRAZIAMENTI

A chi, leggendo, si sentisse chiamato in causa, ricordo che questo libro è il resoconto di un'esperienza immaginata. La realtà di quest'epoca supera spesso la forza del pensiero stabilendo un limite da cui la fantasia può partire. È tutto falso, ma per pochissimo.

Ringrazio Antonio Franchini per il fiuto e l'ironia, mi hai visto crescere e ti voglio bene. Ringrazio Giulia Ichino per l'impegno e l'estro gentile, perché senza di lei avrebbe vinto la mia pigrizia. Grazie a zia Teresa e zio Alfredo, che mi hanno insegnato a nuotare amandomi come un figlio. Grazie a mio padre che, contro ogni pronostico, ha educato questa scimmia a non sprecare la vita. Grazie a mia madre, che rimane, alla fine dei conti, la persona più intelligente che conosco.

Ripeto: è tutto falso, ma per pochissimo.

Pietro Castellitto

INDICE

PROLOGO 9

PARTE PRIMA 11

PARTE SECONDA 89

PARTE TERZA 171

Ringraziamenti 213

MISTO
Carta da fonti gestite in maniera responsabile
FSC® C023419
FSC
www.fsc.org

Finito di stampare nel mese di ottobre 2021 presso
L.E.G.O. S.p.A.
Stabilimento di Lavis (TN)

Printed in Italy